KB021082

Under cover Boss
언더커버 보스

언더커버 보스

1판 1쇄 찍음 2014년 12월 29일
1판 1쇄 펴냄 2015년 1월 7일

지은이 | 정이연
펴낸이 | 고운숙
펴낸곳 | 봄 미디어

기획·편집 | 손수화 정수경

출판등록 | 2014년 08월 25일 (제387-2014-000040호)
주소 | 경기도 부천시 원미구 소향로17, 304(두성프라자) (우)420-864
영업부 | 070-5015-0818 편집부 | 070-5015-0817 팩스 | 032-712-2815
E-mail | bommedia@naver.com
소식창 | http://blog.naver.com/bommedia

값 7,000원

ISBN 979-11-86093-77-1 03810

Under
cover
Boss
언더커버 보스

★

정이연
중편 소설

contents

prologue
사건의 발단

집 안은 온통 검은색으로 도배가 되어 있었다. 볕을 가리기 위해 설치해 놓은 블라인드도 검정색이었고, 소파와 테이블도 검정, 하다못해 사람이 들어가 있는 것으로 보이는 이불과 침대보 역시 블랙이었다.

피곤한 기색이 역력한 얼굴로 잠들어 있던 남자의 미간이 꿈틀거렸다. 아마도 창을 통해 들어오는 햇살 때문일 것이다. 커다란 창가로 쏟아지는 햇볕은 얼굴을 태울 만큼 강렬했다.

아, 어제 내가 블라인드를 안 쳤던가?

5년 만에 입국해 처음으로 터를 잡은 곳이었다. 이사를 온지 아직 일주일도 채 되지 않았기에 미국에서처럼 으레 집을 어둡게 만들지 않았던 모양이었다.

눈꺼풀이 천근만근 무거웠으나 겨우 눈을 뜬 그가 본능적으로 창가로 향했다. 주말 아침을 방해한 햇살을 블라인드로 가린 후 다시 침대로 향하던 그의 발걸음이 우뚝 멈췄다.

"뭐, 뭐야?"

이불은 그가 빠져나왔는데도 여전히 작은 둔덕을 이루고 있었다. 시야에 들어온 것은 침대 끝에 아슬아슬하게 잠들어 있는 덩어리 하나.

"으음……."

여자였다.

그것도 난생처음 보는 여자.

머리카락은 산발이 되어 있었고, 화장을 지우지 않은 얼굴은 엉망이었다. 하지만 더 가관인 것은 여자의 차림새였다.

그녀는 속이 훤히 비치는 민소매를 입고 있었다. 하반신은 이불에 가려 보이지 않았지만, 굳이 확인하고 싶은 생각은 들지 않았다.

얼굴을 종잇장처럼 일그러뜨린 강욱은 한참이고 여자를 보았다. 신경질적으로 치켜 올라간 눈썹은 곧 엄청난 사달이 일어날 것임을 알려 주고 있었으나 예상과 달리 그는 얼음장처럼 굳어 그 자리에 서 있었다.

평소 성격으로 보았을 때 자신의 침대를 차지한 여자를 두들겨 깨워 속옷 차림으로 내쫓아도 몇 번이나 내쫓았을 그였지만, 이상하게도 관찰하는 시선을 거두지 않고 있었다.

"어제 내가 뭘 했더라……."

안타깝게도 어제 집으로 돌아오기 전 친구를 만나 알코올을 섭취하여 기억이 흐릿했기 때문이다. 그는 천천히 있었던 일들을 순서대로 떠올렸다.

아버지를 만나 앞으로의 일을 상의한 뒤 간단한 운동을 했다. 그리고 예전에 자주 가던 바에서 친구와 술을 조금 마신 다음에……

"내가 원나잇을 했을 리가 없지."

그래, 친구와 간단한 술자리를 가진 뒤 집으로 돌아왔고 태용 건설 서류를 살펴보는 데 꼬박 여덟 시간을 투자했다. 그리고 잠자리에 든 것이 새벽 세 시였다.

"잠이 다 깨네."

그가 읊조리자 침입자가 몸을 뒤척였다.

"으음……"

술 냄새가 폴폴 나는 여자가 신음을 내뱉으며 덮고 있던 이불을 걷어찼다. 이불 밖으로 드러난 허벅지는 쭉 뻗어 군침을 흘릴 만큼 매력적이었지만 지금 그런 것 따위는 눈에 들어오지 않았다.

침입자의 정체를 알기 위해 강욱은 주위를 둘러보았다. 카펫 옆에 허물처럼 벗어 던져진 옷가지를 보던 그가 인상을 찌푸리더니 이내 걸음을 옮겼다.

옷가지 옆엔 가방이 놓여 있었다. 허리를 숙여 가방 안을 뒤적이던 그는 지갑을 꺼내 든 뒤 안을 살폈다.

"김수현이라……"

지갑에 꽂혀 있는 주민등록증을 살펴보던 그의 시선이 다시 여자에게로 향했고, 기가 막힌 타이밍으로 여자가 버럭 소리를 질렀다.

"무, 물…… 물!"

상체를 일으킨 여자가 머리를 벅벅 긁은 후 이번엔 손을 내려 목덜미를 긁었다. 잘 정돈된 손톱에 새하얀 살결이 붉게 부풀어 올랐으나 그녀는 이를 인지하지 못했다. 물론 강욱의 존재 따위도 보지 못하고 있었다.

"아, 참. 나 이제 혼자…… 어?"

횡설수설하던 여자가 드디어 강욱을 발견하곤 놀란 토끼눈을 했다. 마치 초식동물이 육식동물을 딱 마주친 것마냥 기함한 얼굴이었다.

"다, 당신 누구야!"

"그건 내가 하고 싶은 말인데?"

"뭐, 뭐요?"

많이 당황한 듯 이상하게 말을 내뱉은 여자는 그의 손에 들려 있는 자신의 지갑에 붉어진 얼굴로 벌떡 일어났다.

"도, 도둑! 1, 1, 112!"

"이봐."

"너 딱 걸렸어. 아주 내가 콩밥을 제대로……!"

흥분한 여자는 자신이 속옷 차림인 것도 인지하지 못한 듯했다. 반쯤 벌거벗은 모습으로 바닥에 떨어져 있는 휴대전화를 집어 드는 것을 보며 강욱이 입술을 짓이겼다.

"주위 한번 돌아보지?"

목소리는 칼날처럼 날카롭고 시렸다. 순간 사람의 마음을 잔뜩 쫄게 할 만큼. 이에 여자도 어깨를 움찔 떨며 행동을 멈췄다.

"뭐라고?"

"돌아보라고."

스타카토처럼 딱딱 끊어 말한 그가 턱으로 주위를 가리키자 여자의 고개가 옆으로 돌아갔다. 그리고 이곳이 무시무시한 표정을 짓고 있는 저 남자의 집이란 걸 깨닫는 순간, 낯빛이 어두워졌다.

"억……!"

"내가 보기에 콩밥을 먹어야 하는 건 당신 같은데, 김수현 팀장?"

명함을 손에 쥔 강욱이 악마처럼 웃었다.

Chapter 1

적과 아군의 기로에 서다

출근을 할 때의 옷은 단순히 옷이 아니다. 그건 전쟁터에 나가는 장수의 갑옷이고, 그 사람의 이미지를 만드는 색채이며, 그 사람의 커리어나 마찬가지다.

아침마다 오랜 시간을 화장대 앞에서 보내는 수현은 오늘도 완벽한 자신의 모습을 확인한 뒤 출근길에 나섰다.

평소와 다름없는, 별달리 특별할 것이 없는 금요일이었다. 분명 아침까지만 해도.

"김수현 팀장, 혹시 여섯 시에 일정 있어요?"

주로 현장 쪽을 담당하고 있는 철원의 말에 수현은 퇴근 즈음에 무슨 일이 있나 떠올려 보았다. 일은 잔뜩 쌓여 있었으나 불행하게도 개인적인 약속은 없었다.

"야근 예정인데, 무슨 일이세요?"

"불금에도 야근이야? 김 팀장도 참 답답하게 산다. 다른 게 아니라 금일 시멘트에서 한번 보재. 갑질 할 생각은 없는데, 아무래도 술 한잔 안 하면 거기서 영 불안해할 것 같아서."

"금일 시멘트요?"

"그래, 저번에 김 팀장 여자라고 무시했던 그 진상 있는데."

철원의 말에 수현의 얼굴이 순식간에 굳어졌다.

아무래도 건설 분야 자체가 거칠고 힘든 일이다 보니 되지도 않는 마초 근성을 가진 이들이 더러 있었다. 능력이 아닌 성으로 상대를 판단하고 결정을 내리는.

금일 시멘트 차 차장은 그런 기질이 강한 사람으로, 수현에게 되지도 않는 '여자란 말이야' 논리를 펼치며 성희롱 아닌 성희롱까지 했었다.

그러나 그 정도는 이 바닥에서 비일비재하게 겪었던 일이었다. 그녀는 기가 죽기는커녕 능숙하게 독설을 내뱉어 그를 힘껏 짓밟아 주었다.

수현은 이제 와 금일 쪽 사람을 만날 필요는 없다는 생각에 어깨를 으쓱였다.

"굳이 제가 만날 필요가 있을까요? 그쪽은 강 부장님이 담당하시잖아요."

"김 팀장이 그때 시원하게 쏘아 댄 뒤로 알아봤나 봐. 김수현이란 사람이 태용 건설에 미치는 영향이 얼마나 지대하신지."

철원이 킬킬 웃음을 내뱉었다. 사색이 되어 전화를 걸어 왔던 차 차장의 모습을 떠올려서다.

천하의 김수현을 몰랐단 말이야? 어느 순간 자리에 안주하며 외부 이야기엔 귀를 기울이지 않는 차 차장이 한심해 보였다.

예쁘장한 얼굴과 뛰어난 일솜씨 덕분에 김수현이란 이름은 건설업계에서 유명했다.

물론 거기까지였더라면 자존심 강한 마초인 그가 먼저 연락을 해 오지는 않았을 것이다. 아무리 남자가 힘이 있는 업종이라고 해도 능력 있는 여자 한두 명은 있기 마련이었으니까.

그가 직접 술자리를 마련해 달라 부탁까지 한 것은 김수현이 태용에서 가진 힘 때문이었다.

사업 전반적인 것들과 외주 업체 선정까지, 그녀의 결재가 없으면 이루어지는 일이 없었다. 시멘트 업체를 바꾸는 것 정도는 그녀의 선에서도 아주 가볍게 할 수 있는 것이었다.

"술자리는 피곤한데……."

"우리가 어디 술을 재미로 마시나? 일의 일환이지. 나도 웬만하면 부탁 안 하겠는데, 차 차장이 김 팀장과 꼭 한잔하고 싶다잖아. 지난 앙금을 풀어야겠다고."

"흠…… 알았어요."

떨떠름한 얼굴로 고개를 끄덕인 수현이 한숨을 내뱉었다.

요즘 외부 업체와 미팅이 잦다 보니 술자리도 자연스럽게

늘었다. 이러다간 위장이 남아나지 않겠다는 생각을 하던 그
녀는 책상 위에 올려 둔 휴대전화가 울리자 액정을 켜 확인해
보았다.

〈신랑 손정섭과 신부 김지현의 첫 걸음에 초대합니다.〉

모바일 메신저로 온 청첩장에 수현의 얼굴이 일그러졌다.

"김 팀장은 시집 안 가?"

"며칠 전에 저같이 기 센 여자는 아무도 안 거들떠본다고
하지 않으셨어요?"

옆에서 휴대폰을 힐끔 보며 묻는 말에 한숨을 내뱉은 수현
이 액정을 끄며 자리에서 일어났다.

서른넷. 1년 365일 청첩장이 날아오던 시기마저 지나고, 일
이 좋아 결혼을 미루고 있다고 말하면 믿지 않는 나이.

그런 생각을 증명하듯 방금 전보다 누그러진 기세로 눈치
를 보는 철원이었다. 그는 혹여 자신의 말에 강철 여인 김수
현이 상처 받은 것은 아닌가 싶어 기색을 살피고 있었다.

"그게 말이야, 말이 그렇다는 거지."

"아니라고 부정은 안 하시네."

작게 웃음을 내뱉은 수현이 책상 위에 있는 커다란 머그컵
을 들었다. 몽롱해진 정신을 일깨워 줄 무언가가 필요했다.

"내가 결혼해 보니까, 능력 있는 여자보다 온순하고 나만
봐라봐 주는 여자가 좋더라고."

"전 평생 될 수 없는 거네요."

온순한 여자라. 일이 삶의 전부인 그녀는 결혼, 아니, 당장 연애로 감정 낭비, 시간 낭비는 하고 싶지 않다는 주의였다.

얼마 전까지만 해도 유행했던 건어물녀, 메마르고 쩍쩍 갈라지는 것 같은 그 별칭이 떠오르자 수현의 웃음은 더욱 진해졌다.

철원의 표정이 갈수록 곤란해지는 것을 보며 수현이 고개를 저었다.

"그럼 여섯 시에 봬요."

탕비실로 향한 그녀는 쓰린 속 때문에 잠시 커피 앞에서 망설였다. 커피를 마시면 더 아플 것이 자명했지만, 벌써 2주째 주말도 없이 이어지는 야근에 눈꺼풀이 점차 무거워져 카페인이 필요했기 때문이다.

녹차를 마실까, 고민하던 그녀는 한 몸처럼 들고 온 휴대전화가 울리자 액정을 확인했다. 방금 전 그녀에게 청첩장을 보냈던 지현의 이름이 떠 있었다.

"여보세요?"

간단한 인사에 상대의 밝은 목소리가 전화를 타고 들려온다.

—어머, 번호 안 바뀌었네?

"어. 청첩장 확인했어."

—와 줄 거지?

"가야지, 당연히."

수현은 속에도 없는 말을 내뱉었다. 그리고 곧이어 들려오는 말에 얼굴을 종잇장처럼 일그러뜨렸다.

—넌 축하해 줄 거지?

"축하? 당연히 해 줘야지."

—다행이다. 연락하는 사람마다 왜 이렇게 늦게 하냐고 한마디씩 하더라고. 아무리 서른넷이라고 해도 너무하잖아.

아, 하느님!

수현은 속에서 울컥 올라오는 화를 억눌렀다.

"그, 그렇기야 하지⋯⋯."

파르르 떨리는 입술로 겨우 대꾸한 수현은, 그러나 이어지는 물음에 이성이 말릴 새도 없이 본능이 먼저 반응해 버렸다.

—그런데 넌 아직 소식 없니? 이제 몇 명 안 남은 것 같은데⋯⋯.

"⋯⋯나도 만나는 사람 있지. 곧 소식 전해 줄게."

—어머, 정말?

있기는 개코.

일과 연애를 하고 있다는 멍멍이 같은 소리를 해 줄까, 하던 그녀가 입을 꾹 다물었다. 말을 하는 순간 대학 동창들 사이에 자신의 소문이 어떻게 날지 빤했기 때문이다.

"정말이지, 그럼."

김수현, 너 거짓말도 참 앙큼하게 잘한다.

방금 전 철원에게 1차 공격을 받았던 그녀는 2차 공격 앞에서 한없이 무너지며 거짓말을 해 버렸다. 웃기는 자존심 세우기라는 걸 알면서도.

속으로 한숨을 삼킨 수현은 들려오는 말에 온몸의 핏기가 가시는 걸 느꼈다.

—잘됐다. 다음 주에 같이 오면 되겠네.

"뭐?"

—다들 네 남자 친구 보고 싶어 할걸?

"……."

—꼭 같이 와!

달칵.

끊긴 전화를 허망하게 내려다보던 수현은 뭔가에 홀린 사람처럼 읊조렸다.

"남자를 어디에서 구하나……."

거짓말은 거짓말을 낳는다. 그리고 그 거짓말이 쌓이면 결국 재앙이 된다.

✤　　✤　　✤

하루 종일 기분이 엉망인 상태로 일을 해야 했다. 퇴근 후엔 자신에게 머리를 숙이는 차 차장에게 호탕하게 웃어 주며 쿨한 여자인 척 굴었다. 그리고 그곳에서 또다시 들은 한마디.

"그런데 김 팀장님은 언제 결혼하세요?"

서른넷, 결혼을 하지 않은 여자는 어디 하자 하나쯤 있는 것으로 생각하는 나이.

그런 나이라는 것을 알고는 있었지만 하루에 세 번이나 똑같은 소리를 들어야 했던 수현은 그날 과음을 해 버렸다.

택시를 잡아 주겠다는 취한 남정네들을 모두 돌려보내고 마지막까지 자리를 지켰던 그녀는 택시를 타고 곧장 집으로 돌아왔다.

아니, 돌아왔다고 생각했다. 그녀는 말이다!

하루 일과가 엉망이었던 것도, 술자리에서 지나치게 술을 많이 마신 것도, 같이 살던 여동생이 자신을 앞질러 시집을 가 버린 것도 어쩔 수 없는 노릇이었다.

자신은 연애라면 학을 뗀 상태였고, 동생은 스무 살 무렵부터 만난 남자 친구와 벌써 10년째 연애를 하고 있었으니까.

그 때문에 잘 살고 있던 집에서 이사를 가야 해 한동안 정신이 없었던 것도 둘째로 치자. 왜 술에 취해 전 집으로 왔으며, 지금 살고 있는 남자의 침대로 기어들어 왔냔 말이다!

"당신, 여긴 어떻게 들어왔어?"

그건 내가 묻고 싶은 말인데요? 금요일에 있었던 일을 차근차근 떠올리던 그녀가 신음을 삼켰다.

어찌 이 남자의 집에 들어올 수 있었는지, 왜 헐벗고 남자의 침대에서 코까지 골며 잔 것인지, 차근차근 생각해 보아도 답이 내려지지 않자 눈을 질끈 감아 버렸다. 안타깝게도 필름은 택시에서 뚝 끊겨 있었다.

"혹시 예전이랑 같은 비밀번호를 쓰세요?"

"당연히 바꿨지."

그의 말에 눈알을 데굴데굴 굴리던 수현이 기어들어 가는 목소리로 말했다.

"그럼 우연히 비밀번호가 똑같은……."

"아, 여덟 자리나 우연히 딱 맞아떨어졌다?"

"전 네 자리……."

"그럼 그 가설도 틀렸네."

"……."

수현은 아무런 답도 하지 못한 채 파들파들 떨리는 어깨를 동그랗게 말았다.

"혹시 벽을 엄청 잘 타는 도둑? 말을 해 보라니까, 112에 신고하기 전에."

까칠한 남자의 말에 수현의 입에서 깊은 한숨이 흘러나왔다.

"저도 모르겠어요. 술에 취해서 하나도 기억이 안 나요. 일이 이렇게 된 것은 정말 죄송하게 생각……."

"죄송하게 생각? 당신, 그거 알아?"

말을 정확히 알아들을 수 없었던 수현이 고개를 들어 남자의 얼굴을 살폈다.

참 잘생긴 얼굴이네. 저 신경질적으로 구겨진 미간만 제외한다면 꽤나 봐 줄 만한 것을 넘어 뭇 여성들을 홀릴 만큼 훌륭한 페이스였다. 하지만 지은 죄가 있는 수현은 감탄은 뒤로 하고 이어질 그의 말을 기다릴 수밖에 없었다.

얼마의 시간이 흐르고 예쁜 곡선을 그리던 입술이 달싹였다.

"무단 침입죄에 성추행에……."

"자, 잠시만요."

살벌한 용어들에 수현이 서둘러 손을 들어 그의 말을 막았다. 그리고 당황한 기색이 역력한 얼굴로 말했다.

"저도 어떻게 들어왔는지는 모르겠어요. 하지만 보아하니 아무 일도 없었던 것 같고……."

"아무 일도 없어? 당신이 벌거벗고 내 옆에 누워 있었는데?"

"속옷은 입고 있었거든요!"

수현이 기겁해 소리치자 남자의 눈썹이 꿈틀거린다.

"어찌 되었든. 난 지금 그 일만으로도 충분히 기분이 나빠."

그가 방금 전까지 헐벗고 있던 몸을 떠올리듯 눈으로 훑었다. 수현의 어깨가 더 움츠러들며 잔뜩 구겨진 셔츠 자락을 꼭 움켜쥐었다.

"상황을 반대로 생각해 볼까? 내가 여자였고, 당신이 남자였으면 이건 사회적으로 충분히 지탄 받고도 남을 일이야."

"정말 죄송합니다."

수현이 고개를 숙이며 다시 한 번 사과의 말을 늘어놓았다. 백 번 사과를 해도 모자랄 상황이었으니까.

이에 가만히 수현을 보며 생각에 잠겼던 그는 조금 기분이 나아진 것인지 팔짱을 풀며 무심한 표정으로 말했다.

"감사하다고도 해야지."

"네?"

"술에 떡이 된 여자를 거들떠보지도 않은 나의 젠틀한 매너에."

"……."

할 말을 잃은 수현은 한참이고 붕어처럼 입술을 뻐끔거린 후 얼굴을 일그러뜨렸다.

"네, 감사합니다."

이 남자 뭐야, 이상해.

"으아아악!"

비명을 내지른 수현이 베개에 얼굴을 묻은 후 주먹으로 침대를 팡팡 내려쳤다. 먼지가 푸스스 떠올랐다가 아래로 꺼졌다. 그녀의 작은 입술에서 잔기침이 터져 나왔다.

"콜록콜록!"

도대체 언제 청소를 했었던가. 기억도 나지 않았다. 최근 하남 시청 건립 문제로 하루가 멀다 하고 야근을 밥 먹듯이 했더니 집에 들어온 기억도 까마득하기만 했다.

수현은 엉망인 집 꼴을 보며 심란한 마음을 숨기지 않았다.

그 남자의 집은 더럽게 깨끗하던데.

동생과 함께 살던 집이 맞나 싶을 정도로 완벽하게 변한 공간을 떠올리던 수현이 입맛을 쩝쩝 다셨다.

"인테리어도 죽이던데."

남자의 집에서 옷만 겨우 입고 도망치듯이 나온 수현은 오전에 있었던 일을 떠올리며 한숨을 내뱉었다. 아찔한 순간에 온몸의 근육이 쪼그라든다.

"아이고, 정신 나간 년. 귀소 본능이 얼마나 뛰어나면 전에 살던 집으로 가, 전 집으로!"

남자의 날이 선 눈길, 그리고 참 간편한 차림으로 있는 자신의 모습을 알아챈 순간, 그녀는 지난밤에 술을 지나치게 마시고 집을 잘못 찾았다는 것을 깨달았다.

하지만 깨달으면 뭐하랴, 이미 물은 엎질러진 뒤인데. 그곳에 살고 있는 세입자의 침대 속에 숨어든 자신은 아주 편히 취침을 했지만, 그 남자는 아닌 듯했다.

"잘생긴 남자였는데……."

그녀가 멍한 눈동자로 읊조렸다.

잠에서 깬 지 얼마 되지 않은 듯 머리엔 까치집이 지어졌고 피부 또한 푸석푸석했지만 그것으로도 가릴 수 없는 아우라는 눈이 부실 지경이었다. 모든 걸 깨닫고 남자의 얼굴을 본 순간 넋을 놓을 정도였으니까.

얼굴값을 제대로 하던 남자는 다행히도 자신의 몸이 멀쩡하니 이번은 봐주겠다는 말을 했었다. 아니꼬운 표정으로 말이다.

"성격이 아주 사포야, 사포!"

소리를 지른 수현이 자리에서 벌떡 일어났다. 그리고 발끝에 틱틱 걸리는 옷가지를 집어 들어 빨래 바구니에 죄다 쑤셔넣었다. 이사는 2주일 전에 왔지만 아직은 사람이 사는 공간같지가 않았다.

"청소나 할까?"

심란한 공간을 보던 수현은 대충 바닥을 정리한 후 청소기를 밀기 시작했다. 걸레 대신 물티슈로 먼지가 쌓인 곳을 닦아 낸 그녀는 자신의 기준에선 깔끔해진 공간을 눈으로 훑어보며 어깨를 으쓱였다.

"이 정도면 됐지."

동생과 살던 때에 비하면 파리도 미끄러질 정도로 깨끗해졌다. 터벅터벅 걸음을 옮겨 소파에 앉은 수현이 멍하니 천장을 올려다보았다.

"남자는 어디서 구하지?"

500명이 넘는 전화번호부를 뒤져 보아도 부탁을 할 만한 사람이 없었다. 대부분 업체 사람들이었고, 일과 관련된 사람에게 이 한심한 부탁을 할 수는 없었으니까.

"왜 거기서 자존심을 세워선."

눈을 감은 수현의 입에서 깊은 한숨이 흘러나왔다.

지금이라도 사실대로 이야기를 해야 할까. 비웃음을 사더라도 어쩜 그게 현명한 선택일지 모른다.

하지만 자신의 상황을 안줏거리로 삼을 걸 생각하면 이런 좋은 썰을 풀어 주고 싶은 마음이 싹 사라진다.

"어쩌면 좋지?"

나름 깨끗해진 집을 둘러보던 수현의 얼굴이 일그러졌다.

✛　　　✛　　　✛

수현이 종종걸음으로 복도를 걷고 있었다. 여자치곤 큰 키에 높은 힐을 신고 몸매를 잘 보여 주는 정장까지 입고 있으니 누가 봐도 능력 있는 전문직 여성 같았다. 그리고 실제로도 그녀는 꽤 유능한 직원이었다.

무거운 서류철을 들고 복도를 지난 그녀는 곧장 회의실로 들어갔다. 그곳엔 그녀가 오길 기다리며 사람들이 모여 있었다. 여섯 명의 사람들에게 복사해 온 서류를 넘기자 김 주임이 어색한 얼굴로 웃었다.

"복사는 저 시키시지."

"왜? 김 주임이 막내여서?"

그녀의 물음에 김 주임이 어수룩하게 웃었다.

"주임이 막내인 우리 팀에서 그런 게 뭐가 중요해. 내가 손발이 없는 것도 아니고. 복사 정도는 할 수 있어."

그녀의 말에 그가 고개를 끄덕였다. 김 주임이 경력직으로 태용 건설에 입사한 지도 3년이란 시간이 흘렀다.

곧 신입을 뽑아 주겠다는 상부의 말과 달리 회사는 점점 힘들어졌고, 신입 사원을 뽑아 달라는 말은 언감생심 꺼내지도 못하는 분위기로 흘러갔다.

서류를 살펴보고 있던 미연이 심드렁한 얼굴로 물었다.

"언제 인력 충원해 주신대요?"

그녀의 물음에 수현이 작게 콧소리를 냈다.

"글쎄. 곧 뽑아 주겠다고는 했는데."

"능력 없는 것들은 싹 자르고 우리 부서나 뽑아 주지, 이게 뭐야."

매일 일에 찌들어 사는 제 인생이 꽤나 마음에 들지 않는다는 듯 미연이 말하자 수현이 미소 지었다.

미연이 대놓고 불평불만을 터뜨린다고 해도 상사로서 뭐라 해 줄 이야기가 없었다. 실제로도 요즘 정말 눈코 뜰 새 없이 바빴으니까.

"김 팀장님 말고는 모두 꼴이 말이 아니거든요. 오늘 어디 가세요? 평소보다 더 힘을 준 것 같은데요?"

금요일, 벌써 지현에게서 전화를 받은 지 6일이란 시간이 지났다. 내일은 지현의 결혼식이었고, 자신은 남자 친구를 대동하고 나가야 했다.

남자 친구를 사귈까? 지금이라도 진지한 연애를 하는 게 좋지 않을까? 그렇게 생각하던 수현은 고개를 내저었다.

연애는 무슨.

한숨을 내쉰 그녀는 오늘이라도 당장 길거리에서 남자를 낚아 올려 남자 친구 흉내만 내 줄 수 있는 사람을 찾을까,

하다가 또다시 고개를 저었다.

말도 안 되는 생각에 동조할 사람이 세상 어디에 있겠으며, 설사 그런 사람을 찾는다 하더라도 말도 안 되는 계획이 잘 실행될 수 있을지 미지수였다.

짠 내 나는 생각을 숨긴 수현은 능숙하게 대화의 주제를 돌렸다.

"아니, 약속 없어. 그리고 신입은 제주도 건 성공시키면 당장이라도 뽑아 주지 않을까?"

"안 그래도 뮤 디자인이랑 만나기로 했어요. 중국 부호들 유치하려면 무엇보다 화려해야 하니까요."

"다음 주가 미팅인가?"

"네."

수현이 자리에 앉으며 묻자 미연이 고개를 끄덕였다.

제주도에 건설될 별장촌은 중국의 부유한 사람들이 대상이었다. 그 때문에 한 달 뒤엔 출장도 잡혀 있었고, 이래저래 신경 써야 할 것이 한둘이 아니었다.

"표는 예매해 뒀어?"

"네, 김 팀장님 거랑 제 거요. 상3동 경찰서 증축 건으로 미팅이 잡혀 있는데 며칠은 당길 수 있을 것 같아요."

"좋아, 문제없이 진행해 줘."

"네."

회의는 물 흐르듯 진행이 되었으나 그녀의 인생만은 그렇지 못했다.

아, 어딜 가야 내일 결혼식장에 팔짱 끼고 들어갈 남자를 구할 수 있으려나.

머릿속은 진창이 되어 갔다.

✦　　　✦　　　✦

깔끔한 캐주얼 차림으로 막 집을 나서던 강욱은 현관 도어 록을 힐끗 바라보더니 한숨을 쉬었다.

"분명 비밀번호를 바꿨는데."

그것도 힐끗 봐선 알 수 없을 정도로 길게 바꿨다. 자그마치 여덟 자리로.

그런데 그 여자는 어떻게 들어온 거지?

한참이고 도어록을 보던 그가 다시 한 번 비밀번호를 바꾼 후 가볍게 걸음을 옮겨 1층으로 향했다.

주차장에 세워져 있는 차는 서른둘의 남자가 몰기엔 지나치게 비싼 것이었다. 하지만 그의 위치를 안다면 억에 가까운 이 차가 그의 입장에선 얼마나 소박한지 알 수 있을 것이다.

태용 그룹 후계자, 이강욱.

오랜 시간 미국에서 생활을 했던 그는 태용 그룹 이 회장의 부름에 5년 만에 한국으로 돌아왔다. 단순히 그가 이 회장의 유일한 핏줄이기 때문은 아니었다.

직업 CEO로 일하며 적자인 회사를 단기간에 흑자로 되돌려 놓음은 물론이요, 기존의 기업 경영 방식을 파괴하는 형태로 많은 러브콜을 받았었다. 그가 선택한 곳은 결국 태용의 품이었지만.

빠르게 내달리던 차는 성북동에 도착해서야 속도를 늦추었다. 대궐 같은 집 앞에 멈춰 서자 감시 카메라로 자동차 번호판을 확인한 상대가 문을 열어 주었고, 차는 곧바로 주차장으로 향했다.

99칸 고택과 비교해 보아도 전혀 뒤떨어지지 않는 본가 안으로 들어가자 미리 약속을 했던 이 회장이 자리를 지키고 있었다.

"식사는?"

"했습니다."

사실은 하지 않았으나 강욱은 그렇게 대답했다. 이 회장이 가리키는 소파에 앉은 후 준비해 온 서류를 내밀었다. 표정은 느긋하고 여유로웠으나 서둘러 이 자리를 벗어나고 싶다는 듯 성급한 행동이었다.

"지난 2주일간 태용 건설 분석 자료입니다."

"으음……."

"사업성, 수익성 모두 문제가 없었습니다. 회사가 왜 자금난을 겪는지는 직접 실무에서 뛰어 봐야 알 것 같습니다."

이 회장의 날카로운 시선이 그에게 날아들었다. 다른 이들이라면 기도 펴지 못할 만큼 묵직한 눈초리에도 그는 긴장한 기색 하나 없이 흔들림 없는 어조로 말했다.

"총괄사업부에 사원으로 입사할까 합니다."

"뭐? 네가 말이냐?"

"네."

짧게 답을 한 그는 불가하다는 티가 역력한 이 회장을 보며 강력하게 밀어붙였다.

"서류에서는 이상한 점을 찾지 못했습니다. 사장으로 취임하면 이와 같은 서류만 받아 보겠지요."

"흐음……."

"근본적인 문제를 파악하기 위해선 실무를 직접 뛰는 것이 좋습니다."

강욱은 꼭 그래야만 한다는 듯이 말했다. 그렇게 해야 이 회사를 살릴 수 있다고.

썩은 부분이 무엇인지 모른다면 도려 낼 수조차 없다. 처음에는 작았던 그 부분이 곧 몸집을 키워 전체를 썩게 만들지도 몰랐다. 박스에 담긴 사과 중 하나라도 썩으면 전체가 모두 썩는 것처럼.

하지만 이 회장은 그의 의견에 동의하지 못한다는 듯 작게 헛기침을 내뱉었다.

"지금 태용 건설에 필요한 건 강력한 리더십을 가진 수장이야."

횡령으로 사장의 자리가 빈 지 벌써 수개월이었다. 더 이상 미룰 수 없는 상황이라는 걸 모를 리 없을 텐데도 그는 여유로운 표정으로 답했다.

"네, 하지만 근본적인 문제는 해결을 못 하겠지요."

입가에 느른한 웃음을 짓는 강욱은 자신만만해 보였다.

"이대로 가다간 당장 반년 후에 문을 닫는다고 하더라도 이상하지 않을 겁니다."

"……네가 봐도 그렇냐?"

이 회장의 물음에 강욱이 천천히 고개를 끄덕인 후 말했다.

"계속 건설을 유지하고 싶으신 것 아닙니까. 솔직히 당장이라도 매각을 하는 게 가장 좋지만, 이 회장님의 의중을 알기에 말씀드리는 겁니다."

이 회장의 입에서 깊은 한숨이 흘러나왔다. 그의 계획을 반박할 다른 말은 더 이상 떠오르지 않았다.

"좋아, 네 녀석 마음대로 해 봐."

원하는 결과가 나오지 않으면 각오하라는 듯한 표정에도 그는 망설임 없이 고개를 끄덕였다.

찻잔이 비지도 않았는데 더 이상 할 말이 없다는 듯 강욱이 자리에서 일어났다. 그 행동에 이 회장의 얼굴이 찌푸려졌으나 강욱을 붙잡지는 않았다.

"하여튼 능구렁이 같은 노인네."

자신의 친부에게 하는 말치고 목소리는 까칠했고 입술엔 조소가 서려 있었다.

벗은 티셔츠를 빨래통에 던져 넣은 그가 곧장 욕실로 향했다. 욕실은 이사를 오기 전 완벽하게 인테리어를 해 두어서

웬만한 침실보다 넓고 아늑했고, 욕조는 반신욕을 즐기는 그에게 최적화되어 있었다.

이를 닦고 가볍게 세안을 한 강욱은 다시 밖으로 나와 곧장 부엌으로 향했다. 원두를 직접 갈아 커피를 내리는 그의 얼굴에서는 장인 정신마저 엿보였다.

자신이 만들어 놓은 세계에서 향긋한 커피 향을 음미하며 잠시 여유를 즐긴 그는 서재로 향했다.

할 일이 산더미처럼 쌓여 있었으니 집중력을 발휘해 빠르게 처리해야 했다. 그는 책상 한켠에 놓아 둔 안경을 쓴 뒤 마우스를 흔들어 모니터를 밝혔다.

다음 주 출근 전까지 끝내야 하는 것들을 정리하였고 스케줄을 짰다.

미국에서 오기 전에 남아 있던 일은 어느 정도 정리가 되어 크게 지장이 없었으나 문제는 현재 태용 건설에서 추진 중인 사업들을 파악하는 것이었다.

신입 사원으로 들어가는 것이기에 자연스럽게 알게 될 부분들이었으나 좀 더 꼼꼼하게 처리하고 싶었고, 치밀하게 준비하고 싶었다.

"그러고 보니 그 여자도 총괄사업부였던가?"

이런 걸 기가 막힌 우연이라고 하던가? 침대에 멋대로 들어왔던 수현은 태용 건설에서 총괄사업부 팀장으로 일하고 있었다.

그는 놀란 토끼 눈이 되었던 수현을 떠올리며 작게 웃음을 내뱉었다.

"골 때리는 여자긴 했지."

그래, 참 이상한 우연이긴 하였다. 참 짜증스러운 우연이기도 했고.

후, 한숨을 뱉은 그가 서류를 끌어 왔다. 잡생각은 잠시였고 곧 일에 집중하는 그의 눈에서 번뜩 불꽃이 튀었다. 무서운 집중력으로 복사된 영수증을 살피는 얼굴에 날카로움이 서렸다.

"돈이 도대체 어디서 새는 걸까."

사업지원팀에서 받은 서류에 이상해 보이는 부분은 없었다. 보통 돈이 새어 나가는 부분은 접대비 쪽이었으나 그쪽으로도 과하지 않을 정도의 금액만 올라와 있으니 미스터리할 수밖에.

결국 새벽 한 시까지 책상 앞에서 시간을 보낸 그는 쓰고 있던 안경을 벗은 후 침실로 향했다. 침대 헤드에 상체를 기대고 협탁에 놓아 둔 책을 30페이지가량 읽고 나서야 잠이 들었다.

부스럭, 부스럭.

잠이 든 지 얼마의 시간이 흘렀을까. 강욱은 옆에서 느껴지는 인기척에 놀라 눈을 번쩍 떴다.

"……다, 당신 뭐야."

그의 입에서 놀란 목소리가 터져 나왔으나 상대는 눈치를

채지 못한 듯 스트립쇼를 하고 있었다.

바짝 얼어 버린 그가. 아무런 말도 하지 못하고 입만 뻐끔거리고 있을 때였다.

입고 있던 옷을 완전히 벗고 속옷 차림이 된 여자가 꼼지락꼼지락 침대 안으로 들어왔다. 그리고 무어라 말하기도 전에, 행동을 취하기도 전에 옅게 코를 골며 잠이 든다.

"이 미친 여자는 뭐야?"

김수현, 그녀가 다시 한 번 그의 침대로 기어들어 왔다.

이번에는 또 어떻게 들어온 거야?

이 여자는 대체 정체가 뭐지?

뭔데 내 침대에서 저렇게 편히 자는 거지?

머릿속에 둥둥 떠오르는 수많은 의문에 그는 어떠한 액션도 취하지 못한 채 그녀의 얼굴만 노려보고 있었다.

깨워야지. 그래, 일단 깨워야지. 그래야 112에 신고를 해무단 침입죄로 콩밥을 먹이든 어쩌든 하지.

그가 그리 결심을 하며 수현에게로 다가갔다. 가까이 갈수록 옅은 알코올 향이 맡아졌다.

"술고래야?"

처음 자신의 집을 찾아왔을 때도 그녀는 술에 떡이 되어 있었다. 그것이 지난주 금요일이었으니 딱 일주일 만에 다시 무단 침입을 한 것이다.

수현의 얼굴을 노려보던 그가 팔을 뻗어 몸을 흔들려고 할 때였다. 기가 막힌 타이밍으로 수현이 눈을 번뜩 떴다.

🌿

"⋯⋯정신이 들어?"

마치 죽은 사람이 관에서 벌떡 일어난 것을 목격한 것처럼 놀란 그가 한 템포 늦게 말했다. 하지만 흰자위의 실핏줄이 터져 눈동자가 온통 붉어진 수현은 답 대신 그의 얼굴만 빤히 보고 있을 뿐이었다.

"이봐, 당신⋯⋯."

"남자네? 헤헤."

"그럼 내가 남자지, 여자⋯⋯."

그가 말을 채 끝맺기도 전, 수현이 상체를 갑자기 일으켰다.

"이 정도면 그 계집애들 코를 납작하게 해 줄 수 있겠지?"

"당신 코가 납작해지기 전에 당장 나가 주지 않겠어?"

헛소리만 늘어놓는 그녀에게 분노를 느껴서일까. 그의 얼굴이 시멘트를 발라 놓은 것처럼 점차 딱딱하게 굳어 갔다. 하지만 수현은 눈앞에 뵈는 것이 없는 상태였다.

손을 뻗은 그녀가 강욱의 어깨를 힘껏 붙잡았다.

"이봐요, 당신. 애인 있어요?"

"뭐? 뭔 개소리⋯⋯."

"없죠?"

혀가 베베 꼬이는 목소리로 연신 말을 하던 그녀는 붙잡고 있는 강욱의 어깨를 자신 쪽으로 당겼다. 순간 강욱이 무게 중심을 잡지 못하고 앞으로 기울자 수현이 놀라운 순발력으로 그의 입술에 입을 맞췄다.

쪽!

가볍게 맞춰진 입술이 지나치게 큰 소리를 내며 떨어졌다.

눈이 동그랗게 변한 강욱의 입이 떡 벌어졌으나, 수현은 일주일 내내 자신의 머릿속을 괴롭히던 고민이 끝났다는 생각에 한시름 던 얼굴이었다.

"그럼 내일 이야기해요, 일단은."

나 지금 졸려 죽겠어요. 요즘 통 못 잤거든요, 야근 때문에.

웅얼웅얼 뒷말을 내뱉은 수현이 다시 침대에 털썩 누웠다. 얼어 버린 채 꼼짝도 하지 못하는 그의 상태는 전혀 모른 채.

쿨, 쿠울…….

정말 편안한 얼굴로 잠든 수현을 한참 동안이나 바라보던 강욱은 그제야 자신이 무슨 짓을 당했는지, 방금 어떠한 일이 일어났는지 깨닫곤 굽히고 있던 허리를 폈다.

파앗! 그의 얼굴이 붉은 물감을 흩뿌려 놓은 것처럼 빨갛게 변해 갔다. 하지만 이와 반대로 무감한 눈동자는 수현의 얼굴을 보고 있었다.

"성추행 추가."

그래, 콩밥 먹이자.

그의 결론은 어느새 그렇게 나 있었다.

창밖으로 해가 떠오르고 있었다. 어두운 밤이 지나가고 새로운 하루가 시작될 아침이 찾아왔지만, 강욱은 여전히 잠들지 못한 채였다.

침대와 멀찍이 떨어진 그가 수현의 얼굴을 노려보고 있었다. 밤에 있었던 참사를 또다시 겪지 않기 위해 적당한 거리 유지 상태로.

그녀가 일어나길 기다리던 강욱은 이불을 돌돌 만 채 잠들어 있던 여체가 꿈틀꿈틀 움직이자 나지막한 목소리로 말했다.

"일어나."

"끙……."

숙취로 인해 두통이 몰려오는 것인지 수현이 앓는 소리를 냈다. 그러자 그가 이번엔 조금 더 큰 목소리로 말했다.

"당장 안 일어나면 경찰에 신고할 거야. 물론 합의는 없어."

그의 목소리를 이제야 들은 것일까. 수현의 몸이 움찔 떨리더니 벌떡 상체를 일으킨다.

"헉……!"

"상황 파악이 되나 보지? 그럼 옷 입고 우리 잠시 이야기 좀 나눠 볼까?"

입술을 비틀어 조소를 지은 그가 자리에서 일어났다. 그리고 수현이 편히 옷을 갈아입을 수 있도록 서재로 자리를 옮겼다.

시간은 더디게만 흘러갔다. 하지만 그는 끈기 있게 기다렸고, 방을 나선 지 십여 분이 지나 다시 침실로 향했다.

그녀는 예상했던 것처럼 말끔하게 옷을 입은 채였고 머리도 대충 수습을 한 것인지 물기가 묻어 있었다.

수현을 날카롭게 쏘아보던 강욱이 팔짱을 끼며 삐딱하게 섰다. 그러자 침대 머리맡에 앉아 있던 그녀가 후다닥 몸을 움직이더니 바닥에 무릎을 꿇었다. 완전히 상황 파악이 끝난 모습이었다.

"저기, 그게……."

비굴한 모습만큼이나 변명조의 목소리가 흘러나왔지만 강욱은 그녀의 말을 댕강 잘라 내며 지난밤 가장 궁금했던 것부터 물었다.

"어떻게 들어온 거야?"

"……."

수현의 입술이 꾹 다물렸다. 지나치게 큰 눈동자가 혼란스러움에 떨리는 것을 보니 이번에도 어떻게 들어왔는지 알지 못하는 얼굴이었다.

"비밀번호는 오늘 아침에 바꿨어. 어떻게 알아냈지? 당신, 내 스토커야?"

그가 와다다 쏘아붙였다. 그러자 수현이 억울함을 가득 담은 눈동자로 고개를 번뜩 들었다.

"그럴 리가 없잖아요!"

"……."

"아, 아니…… 그게 아니라. 그러니까 그쪽은 물론 무척 잘생긴 남자긴 하지만, 제가 연애 세포가 죽어 버린 지 오래거든요. 그러니까 스토커라든가 미저리라고는 생각하지 말라고요."

기가 죽은 목소리로 말한 수현이 허리를 굽혀 사과의 말을 건넸다. 그리고 강욱의 반응을 기다리는 듯이 몰래 곁눈질한다.

두 사람의 눈동자가 마주치자 다시 시선을 내린 수현이 입술을 깨물었다.

"어떻게 할까. 경찰을 부를까?"

"죄, 죄송……."

"죄송하다고 될 문젠가? 이 상황이 난 무척이나 기분 나빠. 한 번은 실수라고 할 수 있지만 두 번은 실수라고 할 수 없지."

"……."

네네, 옳으신 말씀입니다.

수현의 표정은 마치 그렇게 말하는 것 같았으나 입술은 정작 아무런 말도 내뱉지 못했다.

째깍째깍, 초침이 흘러가는 소리가 들릴 정도로 무거운 침묵이 내려앉았다.

무릎을 꿇은 채 이 황당한 상황을 어떻게 풀어 나가야 할지 몰라 하던 그녀는 문뜩 고개를 들었다. 그리고 협탁 위에 놓인 시계를 보며 커다랗게 눈을 떴다.

"엄마야, 늦었다!"

"뭐?"

갑자기 작게 비명을 내지르는 그녀의 모습에 강욱이 삐딱한 표정으로 물었다. 하지만 수현은 이러고 있을 시간이 없다는 듯 자리에서 벌떡 일어나더니 서둘러 가방을 챙겨 들었다.

"요 앞에 있는 에메랄드 홀에서 열한 시에 친구 결혼식이 있거든요. 친구라고 말하기엔 뭣하지만 하여튼 꼭 참석을 해야 하는 자리라서요."

빠르게 말을 내뱉은 수현은 지갑에서 명함 한 장을 꺼내 강욱에게 내밀었다.

"같이 갈 대리 남자 친구도 구하지 못해서 안 그래도 신랄한 비웃음을 당해야 해요. 제가 진짜 개념 없는 무식한 인간처럼 보이기도 하실 거고, 이 상황을 타개하려는 꽃뱀처럼 보이기도 하실 건데, 진짜 중요한 자리여서요. 이 이야기는 다음에……."

구구절절 자신의 상황을 모두 털어놓던 그녀의 시선이 문득 아니꼬운 표정을 짓고 있는 강욱의 얼굴로 향했다.

순간 그녀의 표정은,

유레카!

라고 외치는 것만 같았다.

"저, 저기요."

혼자 북 치고 장구 치고 하던 수현이 순간 비굴하게 바라보자 강욱이 눈썹을 치켜 올렸다. 답은 하지 않았으나 '왜?'라고 묻는 듯하여 그녀가 어색하게 웃으며 말했다.

"저 부탁 하나만 해도 돼요?"

깨끗하게 샤워를 마친 강욱이 욕실 문을 열고 밖으로 나왔다. 그리고 엉망이 된 침실을 보며 한숨을 내뱉었다.

"도대체 뭐가 어떻게 된 건지."

혼잣말을 중얼거린 그가 성큼성큼 걸음을 옮겼다. 그러다가 침대 밑에 떨어진 반짝이는 무언가를 발견하고 주워 들었다.

무단 침입자가 흘리고 간 것은 귀고리였다.

"다음 주에 얼굴 볼만하겠네."

이미 수현과 한 사무실에서 일하게 될 것임을 알고 있는 강욱은, 그녀가 어떻게 집에 들어왔는지만 알게 된다면 이번 일은 순순히 넘어갈 생각이었다. 자신의 직장 상사가 될 터이니 굳이 얼굴을 붉힐 필요는 없었다.

하지만 그 덜떨어진 여자는 지난밤의 사고를 기억하지 못하는 기색이었고 순간 화가 나 그녀를 몰아붙여 버렸다.

"술 끊으라고 충고라도 해 줄 것을 그랬나."

황당한 만남은 이제 화가 나는 것을 떠나 허탈한 감정을 느끼게 만들고 있었다.

그는 그녀가 집을 나서기 전에 했던 말을 떠올렸다.

"친구들에게 거짓말을 해 버렸어요, 남자 친구가 있다고. 그런데 사실은 연애를 안 한 지 꽤 오래됐거든요. 같이 갈 사람이 필요한데…… 조금만 시간 내주실 수 있나요?"

같이 가서 밥만 먹고 오면 된다고 했던 여자의 말이 떠올랐다.

그런 거짓말을 친구에게 했다는 것은 황당했지만 그녀의
얼굴이 너무 절실해 보여 그는 순간 갈등을 해 버렸다. 남의
일에 참견하는 것 따윈 딱 질색이면서도.

한참 귀고리를 바라보던 그의 눈빛이 고민에 잠겼다.

"뭐, 일단은 물건이나 돌려줄까?"

아니, 아니다. 괜히 그런 일에 끼어들었다가 상황만 꼬일
수 있었다. 그렇게 생각하던 그가 웃음을 내뱉으며 몸을 돌릴
때였다. 현관문이 눈에 들어온 것은.

"아……."

그 여자가 금요일 밤마다 어떻게 자신의 집에 들어올 수
있었는지 깨달은 그의 표정이 멍하게 변했다.

"멍청한 건 나였네."

비밀번호만 바꾸면 뭐하냐고. 마스터키가 있으면 언제든
들어올 수 있는데.

의상?

"OK!"

헤어?

"OK!"

메이크업?

"OK! 자, 준비는 끝났다. 적진으로 들어가자."

그녀는 마지막으로 쇼윈도에 비친 자신의 모습을 확인한

후 힘차게 걸음을 옮겼다.

결국 상황을 타개할 남자 친구는 구하지 못했다. 금요일 밤 길거리에서도, 그리고 휴대전화 목록에서도.

자신의 인간관계는 기름종이처럼 얇았고, 길에서 연락처나 대시를 받기에는 나이가 너무 많았다. 그래, 이미 불장난할 때는 지났으니까.

에메랄드 홀 앞에 멈춰 선 수현이 마지막으로 시계를 확인했다. 10분 뒤면 식이 시작될 터이니 지금이라도 들어가야 했다.

한참이고 망설이던 수현이 결심한 듯 걸음을 옮겼다. 그리고 들어서자마자 인사를 건네는 친구들에게 어색한 웃음을 흘렸다.

"뭐야, 혼자 왔어? 지현이 말로는 남자 친구랑 같이 올 거라던데."

"아, 남자 친구가 좀 바빠서 오늘은 혼자 왔어."

"에이, 주말에? 남자 친구 있다는 거 정말이야?"

눈을 흘기며 마치 탐정이 된 것처럼 날카롭게 물어본 연희는 어색하게 굳어지는 수현의 얼굴을 보며 역시나 그럴 줄 알았다는 표정을 지었다.

수현은 사람과 관계를 맺는 데 어수룩한 성격이었고 특별한 이를 만들지 않는 타입이었다. 대학교 때에도 수많은 남학생에게 러브레터와 고백을 받았지만 받아들여 준 적이 단 한 번도 없었다.

그래서 주변 사람들은 그녀를 '석녀'라고 말하기도 했고, 동성애자가 아니냐는 소문도 돌았었다.

어색하게 입꼬리를 올리며 웃는 수현의 모습에 연희가 톡 쏘아붙였다.

"너 제대로 된 연애한 적이 한 번도 없잖아."

제대로 된 연애라……. 그 말에 수현의 입가가 파르르 떨렸다. 그래, 연애는 했지만 '제대로' 된 연애는 단 한 번도 하지 못했다.

수현이 아무 말 없이 웃음을 짓자 연희와 그 자리에 있던 두 명의 친구는 더 이상 묻지 않았다. 단 한마디에 상처 받은 표정을 짓는 사람에게 그 이상 뭐라고 따져 물을 수는 없지 않은가.

어색한 침묵이 잠시 흐르고, 연희의 곁에 있던 수경이 그녀의 어깨를 툭 치며 말했다.

"근데 그거 들었어? 남편이 의사라던데?"

대단한 이슈라도 되는 양 하는 말에 연희가 눈을 동그랗게 뜬다.

"의사? 성형외과? 피부과?"

"성형외과."

"야, 김지현. 사모님 소리 듣고 살겠네."

여자의 인생은 남편의 사회적 위치에 따라 결정된다.

물론 남자들 또한 아내가 어떠한 사람이고 어떠한 일을 하냐에 따라 소고기처럼 그 인생의 등급이 매겨지긴 했으나 아직은 사회 분위기상 남편의 직업을 더욱 중요하게 생각했다.

아직도 구시대적 발상에서 벗어나지 못한 친구들의 대화에 수현의 얼굴이 어색하게 굳어졌다.

아, 집에 가고 싶다.

시원한 해장국 먹고 싶다.

머릿속이 다른 잡생각들로 가득할 때였다.

"와, 저 남자 봐. 신랑 쪽 하객인가?"

수경의 말에 연희 또한 파란색 셔츠에 슈트 차림의 남자를 발견하곤 호들갑을 떨어 댔다.

"와, 진짜 잘생겼다."

그 말에 호기심이 생긴 수현의 고개가 옆으로 돌아가고, 많은 사람들의 시선을 한 몸에 받고 있던 남자와 눈이 마주쳤다.

헉, 저 남자가 여긴 무슨 일로 왔지?

반응을 하기도 전에 성큼성큼 다가와 자신의 어깨에 손을 얹는 남자의 행동에 수현의 입이 떡 벌어졌다.

"미안."

놀란 얼굴로 남자를 보던 수현이 자리에서 비틀거렸다. 그 남자였다, 자신에게 침대를 빼앗겨 잔뜩 화가 났던 그 사람!

"생각보다 일이 일찍 끝나서 왔어."

그렇게 말하며 웃는 남자의 모습에 연희와 수경의 얼굴이 붉어졌다.

뭐야, 정말 남자 친구가 있었던 거야? 그것도 저렇게 잘생긴?

두 사람이 속살거리는 소리가 수현의 귀에까지 들려왔다.

"당신이 어떻게 여길 왔어요?"

"제발 와 달라는 사람처럼 장소랑 시간까지 줄줄이 읊었잖아."

그녀가 목소리를 낮춰 묻자 강욱 또한 목소리를 낮춰 대답했다. 표정은 웃고 있었으나 말투는 까칠하고 강압적이었다.

"제 부탁 들어주신 거예요?"

감동한 기색이 역력한 물음에, 강욱은 작게 고개를 저으며 그녀의 귓가에 입술을 최대한 가까이 가져다 대곤 읊조렸다.

"아니, 당신한테 받아 낼 게 있어서 왔어. 사과도 제대로 들어야 되겠고."

그의 숨결에 오소소 소름이 돋았다.

"상황은 대충 알겠네."

뭔가에 홀린 것처럼 멍하던 수현은 그의 눈빛에 퍼뜩 정신을 차렸다. 웬만한 배우 뺨따귀를 휘갈길 만큼 남자는 능청스럽게 수현의 머리카락을 귀 뒤로 넘기며 웃었다.

"귀고리 놓고 갔더라."

머리카락을 넘겨 귀고리를 직접 해 주는 그의 모습에 친구들이 숨을 삼켰다.

대학교 시절부터 공부 잘하고 외모까지 뛰어났던 수현은 선망의 대상인 동시에 어떻게든 깔아뭉개고 싶은 존재였다. 그런 존재가 이젠 완벽한 남자 친구까지 대동하고 오니 어찌 꼬아서 보지 않을 수가 있겠는가.

돈은 없을 거야. 저 외모에, 저 기럭지에, 돈까지 많으면 김수현을 만날 리가 없지. 그래, 저 철벽녀를 왜 만나겠어?

쑥덕거리는 소리가 두 사람에게까지 들려왔다.

"정말 친구 맞아?"

"일단은요."

수현이 어색한 웃음을 지으며 고개를 끄덕였다.

일단은, 그 말이 왜 서글프게만 들리는 것일까. 영업용 미소를 짓고 있던 그의 얼굴이 딱딱하게 굳어졌다.

"지금은 도와주겠는데, 톡톡히 갚아야 할 거야."

작게 속삭인 그가 고개를 돌려 친구들을 향해 웃어 보였다. 붉어지는 뺨을 보던 그가 수현의 머리카락을 넘겨 주며 자상한 어조로 묻는다.

"축의금은?"

"아, 아직."

수현이 얼떨결에 답하자, 보란 듯이 지갑에서 오만 원권 지폐 몇 장을 꺼낸 그가 곧장 신부 쪽으로 향했다. 하얀 봉투를 받아 수현의 이름을 써 낸 그는 자신을 멍하니 바라보는 그녀에게 손을 내밀었다.

"들어갈까?"

"아, 네."

성큼성큼, 걸음을 옮긴 그녀가 강욱의 손을 잡았다. 그의 손은 크고 따뜻했다.

사람들의 시선을 받으며 식장 안으로 들어선 수현은 멍하니 버진로드를 보았다. 생각에 잠겨 있는 그녀의 옆모습을 가만히 보던 그는 그녀가 바라보고 있는 벨벳 카펫으로 시선을 옮겼다.

"할 말이 있을 것 같은데?"

"아."

퍼뜩 정신을 차린 수현은 곧 들려오는 맑은 피아노 소리에 다시 입술을 닫았다.

수현은 시선을 돌려 씩씩하게 걸어 들어가는 신랑의 뒷모습을 멍하니 보았다. 신랑은 세상에서 가장 행복하다는 듯이 웃고 있었고, 곧 장인의 손을 잡고 들어오는 지현의 모습에 해사한 표정을 지었다.

식은 성대했다. 여기저기 놓여 있는 꽃들은 꽤 많은 돈을 주고 꾸민 티가 역력히 났고, 작은 소품들도 모두 좋은 것으로 했는지 부티가 났다. 하객들도 많이 찾아와 앉을 곳이 없어 뒤에 서 있어야 했다.

많은 이에게 축복 받는 결혼식을 멍하니 보던 수현이 입술을 달싹였다.

"오늘 고마워요."

"나의 수고로움을 알아준다니 감사하네."

비틀린 그의 말에 수현이 피식 웃음을 내뱉었다.

"저도 참 바보 같아요."

그 말에 강욱은 물음 대신 '뭐가?' 하는 눈초리로 그녀를 보았다. 하지만 그녀의 시선은 여전히 아름다운 웨딩드레스를 입고 있는 지현에게 향해 있었다. 그녀는 어느새 남편의 손을 잡고 단상 위를 오르고 있었다.

"남자 친구가 있다고 거짓말한 것부터 시작해서, 관계가 호러인 당신한테 그 역할을 부탁한 것까지요. 이렇게까지 이성이 흐려지는 타입은 아닌데, 뭔가에 씐 것 같아요."

그녀의 말에 강욱은 한숨을 내뱉었다. 관계가 호러라는 말엔 그도 동의할 수 있었다. 수현의 이야기는 거기서 끝나지 않았고 계속 이어져 나왔다.

"먹고 사는 문제를 제외하고선 열정을 가져 본 적이 없어요. 그건 사람을 만나서도 마찬가지였고요. 뭐든 대충대충, 일을 제외한 사생활은 고착화되어 버려서 특별할 것이 없었죠. 특별한 만남 따윈…… 음, 전 집에 사시는 그쪽 말고는요."

그녀의 말에 강욱의 입에서 작은 웃음이 터져 나왔다. 그 특별한 만남도 두 사람이 원해서 된 것은 아니었으니, 그녀의 노력 따윈 0.01%도 들어가 있지 않았다.

"취미도 없고, 특기도 없어요. 나이가 들수록 대인 관계는 좁아질 수밖에 없는데 누군가를 새로 만날 생각도 하지 않았거든요."

참고로 현재 제일 좋아하는 건 일 끝난 뒤에 마시는 시원한 맥주예요, 그렇게 덧붙인 수현이 킬킬 웃음을 내뱉었다.

"헐렁하게 사는데, 그게 조금은 후회되네요."

"왜, 결혼하고 싶어?"

그의 물음에 수현은 생각도 하지 않고 고개를 저었다.

"아니요."

"그런데?"

"웃고 있는 저 계집애의 얼굴을 보니까, 진짜 행복해 보여서요. 배 아파 죽겠어."

지현의 모습을 바라보던 수현이 입술을 비틀었다.

저렇게도 좋을까?

이야기를 듣고 있던 강욱이 느릿한 어조로 말했다.

"그럼 당신도 지금부터 누군가를 진지하게 만나 봐. 일을 사랑하는 것만큼이나."

"글쎄요, 어렵지 않을까요?"

지레 포기를 하는 모습에 강욱은 무심한 얼굴로 그녀를 내려다보았다. 뭐가 이렇게 권태로울까. 그는 알 수가 없었다.

"이 나이쯤 되니까 좋은 남자들은 다른 여자들이 죄다 집어 갔더라고. 진즉에 결심을 할 걸 그랬나 봐요."

하고 싶었던 이야기가 끝났다는 듯이 수현이 어깨를 으쓱였다. 클라이맥스로 치닫는 결혼식에서 시선을 뗀 그녀는 처음으로 강욱의 얼굴을 똑바로 마주 보았다.

"오늘 고마워요. 이걸 어떻게 갚죠?"

다시 만날 일이 없을 것처럼 수현은 홀가분한 얼굴이었다. 하지만 강욱은 이곳에 찾아온 진짜 목적을 떠올리며 그녀의 앞에 손을 내밀었다.

"일단 가방부터 내놔."

"가방이요?"

"그래, 가방."

그의 말에 수현이 얼떨결에 가방을 내밀었다. 그는 손을 밀어 넣어 정리가 전혀 되어 있지 않은 가방을 뒤졌다. 그리고 손가락 끝에 걸리는 자그마한 물건을 쥔 후 피식 웃음을 내뱉었다.

마스터키였다. 그녀가 그의 집은 물론이오, 침대까지 들어올 수 있었던 물건.

"아! 이사 갈 때 돌려준 줄 알았는데…… 꿈에도 몰랐네요."

"그건 나도 마찬가지야."

다음 주 평일에 당장이라도 열쇠 집 사람을 불러 도어록을 바꿔야겠다고 생각한 그가 곤란한 듯 미간을 찌푸리고 있는 수현을 보았다.

뛰어난 솜씨로 화장을 했으나 그는 그녀의 맨 얼굴을 알고 있었다. 그리고 이 완벽한 화장이 흐트러진 모습도. 조금 지워진 입술을 보던 그가 고저 없는 목소리로 말했다.

"그리고 이번엔 사과해."

"에?"

커다랗게 떠지는 수현의 눈을 똑바로 마주하던 그가 입술을 비틀어 웃었다.

"멋대로 입 맞췄던 것, 사과하라고."

"……."

지독하게 권태로웠던 얼굴이 일그러진다.

"이, 입을 맞췄다고요……?"

"기억 안 나지? 그럼 기억 안 나는 것까지 죄다 사과해."

"……미, 미안해요?"

지금 무슨 말을 하는지 모르겠다는 표정이었으나 그녀는 일단 그가 시키는 대로 사과부터 하고 봤다. 강욱은 그 얼빠진 표정이 제법 만족스러운 듯했다.

"좋아. 그럼 다음 주부터 잘 지내 보자고."

"……?"

그는 끝까지 미스터리한 말만 남기고 사라졌다.

강욱의 뒷모습을 멍하니 보던 수현의 고개가 옆으로 기울어졌다.

"뭐지?"

왜 다음 주부터 잘 지내?

"참, 모를 사람이야."

모를 인연이고.

그렇게 생각한 수현의 입술에서 웃음이 새어 나왔다.

chapter 2

원수는 외나무다리에서 만난다

"김 팀장님, 오늘 신입 사원 온다던데요?"

어지러운 책상을 심란한 눈으로 바라보던 수현은 미연이 다가와 하는 말에 눈을 동그랗게 떴다. 신입 사원이 온다는 소리도, 회사에서 새로운 직원을 뽑는다며 모집 공고를 낸 일도 그녀는 모르고 있었다.

"우리 팀에?"

"네, 그렇다던데요? 그것 때문에 지금 인사팀 직원들이 난리예요."

미연이 손으로 입을 가리며 작게 웃음을 지었다. 그녀의 말에 수현의 미간이 찌푸려졌다.

"모집 공고 냈다는 말은 못 들었는데…… 설마 난리가 난 게 거대한 낙하산을 펼친 인사여서야?"

"아니요. 신입이긴 한데 스펙이 지나치게 화려하대요. 하버드 나왔다던데요?"

하버드?

무슨 과냐가 문제긴 했으나 일단 '하버드 대학'이 가진 힘은 꽤나 컸다. 똑똑한 건 둘째로 치고 그 학교를 나왔다는 것 자체가 집이 어느 정도 산다는 말이니까.

"그리고 스펙만큼이나 외모 또한 화려해 주시고요."

"외모?"

"네, 어마무시하게 잘생겼대요. 키도 크고."

새로 오는 신입이 잘생겼다는 말에 수현의 얼굴이 일그러졌다. 보통 여직원들과는 상반된 반응이었다.

"한동안 회사 시끄럽겠다."

"네, 저희 주위가 특히나 시끄러워지겠죠. 회사 전 여직원이 우리를 부러워하고 있으니까요. 유부녀, 처녀 할 것 없이."

이때까지만 해도 그녀는 단순히 주위가 시끄러워질 것만 걱정하고 있었다.

하지만 인사팀장과 함께 온 그 문제의 신입 사원을 본 순간, 그녀의 얼굴은 더할 수 없이 창백해졌다.

"아, 김 팀장님. 이쪽은 이번에 총괄사업부에서 일하게 된 이강욱 씨입니다."

인사팀장의 말은 귀에 들어오지 않았다. 멍하니 남자를 보던 그녀는 들고 있던 파일로 황급히 제 얼굴을 가렸다.

악, 그 사람이잖아!

소리 없는 비명을 외치는 수현의 모습에 강욱의 입꼬리가 말려 올라갔다. 그는 한 발자국 다가와 수현의 앞으로 손을 내밀어 악수를 청했다.

"김 팀장님, 잘 부탁한다고 말씀드렸죠?"

"……."

할 말을 잃은 수현은 힘없이 파일을 내린 후 그의 모습을 보았다.

아, 이 남자의 이름이 이강욱이구나.

하버드 대학을 나온 화려한 스펙의 주인공이구나.

앞으로 내 후임으로 일하게 되었구나.

수현은 망연자실한 표정으로 한동안 그의 얼굴만 바라보고 있었다.

또각또각.

요란한 힐 소리가 복도를 울렸다.

얇은 힐은 똑 부러질 것처럼 약해 보였으나 수현은 거침없이 걸음을 옮겼고, 복도 가장 끝에 위치한 비상구에 도착해서야 숨을 거칠게 들이마셨다.

"뭐, 뭐지?"

이 상황을 도대체 뭐라고 설명해야 한단 말인가. 그녀는 돌아가는 상황을 이해 못 해 정신이 반쯤 나간 듯한 표정으로 입을 딱 벌렸다.

"오, 하느님……."

그녀는 사생활을 일로 가져오는 타입이 아니었다. 그런데 한 남자로 인해, 개인적인 일로 회사 일에 지장을 주어서는 안 된다는 소신이 와르르 무너졌다.

동료에게 고백을 받았을 때나, 오랫동안 만났던 남자 친구와 헤어진 날 술을 진탕 먹었을 때도, 겉으로는 여느 때와 다름없이 생활을 했었다.

그런데 그냥 사적인 관계라 생각했던 사람이 공적인 일에 얽혀 버린 것이다. 그것도 단단히!

숨을 내뱉던 수현은 두꺼운 철문이 열리고 강욱이 안으로 들어오자 서둘러 굽히고 있던 허리를 폈다.

"부르셨습니까, 김 팀장님?"

무심한 표정의 남자는 지난주 토요일과는 달리 깍듯하게 그녀를 상사로 대우하고 있었다. 수현은 얼떨떨한 표정으로 강욱의 얼굴을 바라볼 수밖에 없었다.

"서, 성함이……."

"이강욱입니다. 말 편히 하십시오."

"……."

완벽한 부하 직원 모드로 자신을 대하는 그를 보자 수현은 다리에 힘이 풀려 자리에서 비틀거렸다. 서둘러 손을 뻗어 벽을 짚은 뒤 아파 오는 머리를 손가락으로 꾹꾹 누르며 한숨처럼 말했다.

"아, 네."

그래야죠, 그래야죠. 자네는 신입 사원이고 나는 잔뼈 굵은 3년차 팀장인데. 암, 그래야 하고말고요.

속으로 아무리 그렇게 생각해 보아도 눈앞에 있는 강욱을 평범한 팀원으로, 신입 사원으로 대할 수가 없었다. 어지러이 펼쳐지는 생각의 조각들에 수현이 손을 들었다.

"잠시만요. 생각 좀 정리하고요."

"편할 대로 하십시오."

그의 어투에 수현의 몸에 오소소 소름이 돋았다.

전 집과 결혼식장에서 보았던 눈앞의 남자는 다소 권위적이고 오만방자한 사람이었다.

그런 사람이 깍듯하게 극존칭을 쓰는 모습에 수현은 말을 편하게 하라고 하려다가 말았다. 여긴 회사였고 위계질서가 사람의 명줄보다 중요한 곳이었으니까.

한참이나 그의 얼굴을 빤히 바라보며 생각에 잠겼던 그녀는 조심스레 입술을 달싹였다.

"이강욱 씨."

"네, 생각은 정리되셨습니까."

그의 물음에 작게 고개를 끄덕인 수현이 말을 이었다.

"두 번의 실수와 지난주 토요일에 보였던 추태는 잊어 주세요."

그녀의 말에 그의 눈썹이 꿈틀거렸다.

"어째섭니까?"

"선을 지키고 싶어서요. 회사와 사생활의 선."

"……흠음."

작게 콧소리를 낸 그는 꼿꼿하게 세우고 있던 자세를 느른하게 만든 후 입술을 늘어뜨려 웃었다.

그 모습이 지독히 위험해 보여 수현은 자신도 모르게 뒷걸음질 쳤다.

"우연도 세 번이 겹치면 운명이라고 한다죠?"

그의 표정과 어투가 방금 전과는 달리 묘하게 변했다. 여전히 윗사람에게 하듯 높임말을 쓰고 있었으나 눈동자에 담긴 감정은 그것이 아니었다.

지금 이 남자, 비꼬는 건가? 수현의 턱이 위로 치켜 올라갔다.

"그런데요?"

"그런 걸로 보면 우린 좀 격한 운명인 것 같지 않습니까?"

"……악연이라고 보는 게 맞지 않을까요?"

수현의 말에 그가 나른하게 웃었다. 하지만 눈빛은 무감해 호러에 가까운 웃음이었다.

"김 팀장님은 저에게 빚을 졌죠?"

"그, 그런데요?"

자신의 실수에 대한 이야기가 나오자 목소리가 떨렸다. 심장은 쿵쾅쿵쾅 뛰고 다리는 후들거렸다.

그의 눈빛은 사람을 그렇게 긴장하게 만들고, 신경을 갉아먹는다.

"전 호의로는 움직이지 않는 사람입니다. 저에게 신세를 졌던 인간들한테는 무조건 그에 상응하는 대가를 받아 내죠."

그렇게 말하는 강욱의 입술엔 비웃음이 서려 있었다.

"앞으로 재미있을 것 같습니다, 생각보다 더."

"이, 이강욱 씨?"

당황한 수현이 그의 이름을 불렀다. 하지만 그는 자신이 할 말은 끝났다는 듯 한 걸음을 물러선 후 사무적인 모습으로 돌아갔다.

"사내에선 상사로 깍듯하게 대하겠습니다."

"……."

허리를 숙이고 인사를 마친 후 비상구를 빠져나가는 그의 뒷모습을 바라보던 수현은 잘난 그의 모습이 사라지고 나서야 털썩 주저앉았다.

"운명?"

운명은 무슨.

이건 필연적인 악연이었다.

✤   ✚   ✤

강욱은 하루 종일 바쁘게 움직이던 수현이 웬일로 멍하니 자리에 앉아 있는 것을 보다 사무실을 눈으로 훑었다.

퇴근 시간이 훌쩍 넘은 시각이었으나 사무실에 있는 그 누구도 퇴근할 생각을 하지 않고 있었다. 직장인들이 가장 피곤을 느낀다는 월요일인데도 말이다.

턱을 괴고서 옆에 쌓인 서류들을 원수 보듯 하던 그는, 문득 자신과 눈이 마주치자마자 시선을 피하는 수현의 모습에 얼굴을 일그러뜨렸다.

뭐야, 저 벌레를 보는 듯한 표정은?

언짢은 기색이 역력한 얼굴로 수현을 노려보던 그는 자신에게 다가오는 미연의 모습에 서둘러 표정을 갈무리했다.

"미안해요, 하루 종일 신경 써 주지 못해서. 근데 보다시피 우리 팀이 워낙 바쁘거든요."

"괜찮습니다."

그의 대답에 미연의 뺨이 붉어졌다. 그러다 이곳까지 온 이유가 떠올랐는지 들고 있던 종이 하나를 건넸다.

"대략 한 달 동안 저희 팀에서 해야 하는 일이에요. 일정 회의가 저번 주에 있었거든요. 이번 달 말에 제주도 출장이 잡혀 있는데, 아마 김수현 팀장님과 강욱 씨가 가야 할 것 같아요. 원래 제가 가야 하는 건데, 다른 미팅을 미루지 못했거든요."

"네, 알겠습니다."

"자세한 건 김 팀장님께 여쭤 보시면 돼요."

간략하게 자신의 말만 전한 미연은 다시 자리로 돌아가 어깨를 이리저리 돌리더니 본격적으로 업무를 시작했다.

여섯 명이 있는 작은 사무실이었지만 여기저기서 두드려 대는 키보드 소리는 위력적이기까지 했다. 바쁘다던 미연의 말이 거짓이 아니라는 듯이.

그의 눈길이 다시 수현에게로 향했다. 그녀는 막 빈 머그

잔을 들고 자리에서 일어나고 있었다. 눈이 마주치자마자 또다시 옆으로 휙 시선을 피해 버린다.

피하는 티가 역력한 모습에 빈정이 상한 그가 곁을 지나가던 수현을 불러 세웠다.

"팀장님, 제주도 출장 건으로 제가 준비해야 하는 게 있습니까?"

그의 물음에 수현의 몸이 움찔 떨렸다.

"아, 없습니다. 여벌의 옷 정도만 준비하시면 될 것 같아요."

신입 사원의 첫 출장이었으니 옆에서 지켜보는 정도일 것이다. 알겠다며 고개를 끄덕이던 그는 자신의 모니터를 보며 물었다.

"팀장님, 그리고 이것 좀 봐 주시겠습니까? 목록 정리 부탁하셨던 건데 궁금한 점이 있어서요."

"에에? 아."

자리에 멈춰 선 수현은 허리를 숙여 모니터를 보았다. 커서가 번뜩이는 곳엔 자료 정리와는 전혀 상관이 없는 글귀가 적혀 있었다.

요즘도 모르는 남자 침대에 몰래 기어들어 오십니까?

"……."

"정말 궁금해서 묻는 겁니다."

그 짧은 틈, 가까워진 간극에 대고 그가 작은 목소리로 속삭였다.

"혹시 또 압니까? 그런 일이 일어날지."

그의 얼굴이 개구지게 변했다.

수현은 혹여 다른 직원들이 그 문장을 봤을까 싶어 주위를 둘러보았다. 다행히도 이쪽에 관심을 갖는 이들은 없었다.

그녀는 손수 허리를 숙여 문장을 지웠다. 그리고 손가락을 움직여 키보드를 두드렸다.

"또 업무 파악 안 되는 곳이 있으면 물어보세요. 친절하게 답변해 드릴 테니까."

상큼하게 웃은 그녀가 휙 돌아서 탕비실로 걸어갔다.

까불지 말아요.

요, 뒤에서 깜박거리는 커서를 보던 그가 웃음을 내뱉었다.

✦　　　✦　　　✦

불 꺼진 사무실. 모니터에 의지해 일을 하고 있던 강욱은 순간 울컥 치밀어 오르는 화를 참지 못하고 짜증스레 읊조렸다.

"뭐? 공은 공이고 사는 사야?"

아무리 불편한 관계라도 자신이 무슨 불결한 물건이나 생명체라도 되는 양 구는 그녀의 모습에 화가 났다. 그래서 살짝 성질을 긁었는데, 반응은 예상했던 것보다 더욱 격하게 돌아왔다.

쉼 없이 키보드를 두드리며 서류를 정리해 나가고 있던 그는 그녀가 복수하듯 내던지고 간 일거리들을 보며 얼굴을 찌푸렸다.

"이거 내일까지 부탁해요. 할 수 있죠?"

그녀의 상사질은 도를 넘어섰다.

야근은 둘째치고 철야를 해야 할 정도로 많은 일거리가 어깨를 짓누르고 정신을 멀게 만들었지만 그는 웃으며 고개를 끄덕일 수밖에 없었다. 자신은 간이고 쓸개고 모두 빼 놓고 일해야 하는 신입 사원이었으니까.

사람의 신경을 묘하게 긁어 대는 눈빛을 떠올린 그는 넥타이를 끄른 뒤 셔츠 소매도 팔꿈치까지 걷어 올렸다. 틈틈이 운동을 한 덕에 몸은 탄력적이었고, 손등에 돋아난 혈관은 섹시했다.

"누가 이기는지 해 보자고, 망할 여자."

먼저 그녀의 신경을 긁은 건 자신이란 것을 알면서도 그의 눈빛은 승부욕으로 불타올랐다.

타다닥!

키보드를 두드리는 소리가 날카롭게 울렸다. 놀라운 집중력으로 하나둘 일을 처리해 나가는 모습은 마치 머신처럼 보이기도 했다.

정확하게 입력되는 숫자들, 그리고 거기에 맞춰 자동적으로 계산되는 파일을 눈으로 일일이 확인하던 그는 총 스물두 개의 시트를 만들고 나서야 손을 들고 뻐근한 어깨를 주물렀다. 입에서 절로 앓는 소리가 흘러나왔다.

"식사 안 했죠?"

그때 뒤에서 들려오는 목소리에 그가 고개를 돌렸다. 수현이 웃으며 사무실 안으로 들어서고 있었다.

"뭐 두고 가셨습니까?"

사무적인 목소리에 그녀가 들고 있던 도시락을 허공에서 흔들며 어색하게 웃었다.

"내 양심을 두고 가서요."

"……."

그녀는 기본적으로 좋은 상사였다. 허튼소리, 허튼 일은 시키지 않았고 본인이 할 수 있는 일은 스스로 했다.

감당할 수 있는 일만 시켰고, 그 이상은 바라지 않았다. 그리고 성장해 나가면 거기에 맞춰 조금씩 더 전문적인 일을 맡기는 전형적인 관리자 타입이었다.

그런 그녀가 감정적인 문제로 그에게 일거리를 내던져 주자 양심이 심히 찔렸던 것이다.

"식사 안 했으면 먹고 하시죠?"

서류들 위에 도시락을 내려놓은 수현이 웃자 구겨져 있던 강욱의 미간이 판판하게 펴졌다.

"병 주고 약 주는 겁니까?"

"음."

고민하듯 짧게 소리를 낸 그녀가 고개를 끄덕인다.

"그렇게 생각된다면 미안하네요. 일은 같이해요."

"……."

이 여자는 도대체 뭘까. 참 종잡을 수 없는 사람이었다.

술에 취해 자신의 침대에 들어오는 비상식적인 행동을 하고, 친구들 앞에서 거짓말을 하며 자신을 남자 친구라고 소개했던 여자.

하지만 늦은 시간까지 완벽한 화장과 깔끔한 투피스 차림을 하고 있는 여자는 완전히 다른 사람처럼 느껴졌다.

자신을 한 방 먹였던 그 문장을 썼던 사람은 더더욱 아닌 것 같았다.

그가 눈을 가늘게 뜨며 살피자 수현은 입가에 어색한 웃음을 머금었다.

"그렇게 보지 말라니까요? 미안해요. 애처럼 행동해서."

"알면 됐습니다."

고개를 내린 그가 도시락을 펼치자 수현이 의자를 끌어 와 맞은편에 앉았다. 그리고 그의 얼굴을 호기심 어린 눈동자로 보며 말했다.

"지금은 부하 직원 모드?"

"네?"

"재미있네요, 이강욱 씨. 그런 식으로 만나지 않았으면 친구가 되고 싶을 정도로."

그렇게 말한 수현이 젓가락을 쪼개 그에게 내밀었다.

오늘 낮까지만 해도 자신을 피하던 여자가 이젠 친구가 되고 싶다고 이야기를 한다.

그가 무심한 얼굴로 입술을 달싹였다.

"술고래랑 친구 하고 싶은 마음은 없습니다."

"너무하네, 정말."

장난스럽게 답한 수현이 어깨를 으쓱였다. 그리고 밤에 도시락까지 사 들고 온 진짜 이유를 말했다.

"뭐, 피하지 않기로 했어요. 어차피 회사에서 계속 마주쳐야 하니까, 적당한 거리를 유지하면 좋을 거라고 생각했어요. 곧 출장 파트너가 되기도 할 거고. 그러니까 적당한 선은 지켜 주실래요?"

현명한 결론을 내린 수현은 무감한 눈을 깜빡이는 강욱을 보며 '초밥 먹어 봐요, 이 집 괜찮아요'라는 시답잖은 소리를 했다.

진짜 열 받는 여자네. 그렇게 생각하던 그가 웃음 지었다.

"물론입니다."

수현의 얼굴을 빤히 보던 강욱이 초밥 하나를 집어 입안으로 밀어 넣었다. 그녀의 말대로 초밥은 무척 맛있었다.

✦　　✦　　✦

끼이익.

두꺼운 철문이 열리고 바쁜 와중에도 흐트러짐 하나 없는 남자가 안으로 들어왔다. 그는 손목시계를 한 번 확인한 뒤 휴대전화를 들었다.

"최근 5년 동안 총괄사업부에서 경비 처리된 영수증과 내역, 모두 가지고 계십니까?"

―네. 모두 보관하고 있습니다, 사장님.

보통 영수증은 3년 정도면 파기를 하는데, 다행히도 모두 남아 있다는 답을 듣자 굳어 있던 그의 얼굴이 한결 밝아졌다.

"다음 주까지 받을 수 있을까요?"

―양이 어마어마한데요?

"집으로 보내 주십시오. 한번 살펴보고 싶습니다."

―네, 알겠습니다.

간단히 전화를 끊은 그가 한숨을 내쉬었다. 그리고 손을 들어 느슨하게 넥타이를 푼 뒤 목을 이리저리 돌렸다.

신입 사원은 1분 대기조여야 했다. 선임들이 부르면 언제든지 튀어 나가 일을 도와야 하는.

서둘러 자리로 돌아가야 했으나 그는 한참이고 그 자리에서 숨만 고르고 있었다.

그렇게 5분 정도 흘렀을까. 눈을 빛낸 그가 똑바로 넥타이를 맨 후 비상구를 나섰다. 마인드 컨트롤이 끝난 그는 평소의 모습으로 돌아와 있었다.

사무실로 향한 강욱은 심상치 않은 분위기에 주위를 둘러 보았다. 평소에도 통화를 많이 하는 부서라 시끄럽긴 하였으 나 지금은 왠지…… 그래, 어수선한 분위기였다.

지나가던 미연을 붙잡은 그가 속삭이듯 작은 목소리로 물 었다.

"무슨 일 있습니까?"

"아, 그게…… 김 주임이 엄청난 사고를 치셨거든."

강욱의 시선이 수현의 옆에서 빠르게 서류철을 넘기고 있 는 김 주임에게로 향했다.

그의 얼굴엔 당황한 기색이 역력했지만 그와는 반대로 자 리에 앉아 펜을 놀리고 있는 수현의 표정은 읽을 수가 없었 다.

"사업 기획서와 전혀 다른 자재를 주문해 버렸지 뭐야? 그 것 때문에 난리 났어."

"주문이 잘못되었으면 취소하고 다시 발주 넣으면 되지 않 습니까?"

그의 말에 미연이 절레절레 고개를 저었다.

"본드까지 죄다 왔대. 3일 지나면 못 쓰거든."

"……"

그렇게 되면 수가 없지. 그의 얼굴도 난감함에 굳어졌다.

"그것 때문에 김 팀장님이 설계팀 가서 허리 숙이고, 조금 이따가 현장까지 나가 보셔야 해."

미연이 말을 하는 순간 수현이 자리에서 벌떡 일어났다. 가방과 외투를 챙겨 든 그녀는 따라서 짐을 챙긴 김 주임과 함께 사무실을 나서기 전 크게 외쳤다.

"현장 좀 다녀올게요."

후임의 실수로 인해 현장에 가야 하는 상황이었음에도 그녀는 힘차게 인사를 하며 사무실을 빠져나갔다.

그녀의 뒷모습을 보던 강욱이 의아한 표정으로 물었다.

"팀장님 표정은 괜찮아 보이는데요?"

"뭐, 괜찮지 않아도 그러는 사람이니까."

"네?"

이해할 수 없는 말에 강욱은 평소보다 조금 높은 톤으로 되물었다. 미연은 어지러운 수현의 책상을 보며 답했다.

"책임감이 강해. 후임이 실수를 하면 자신이 잘 가르치지 못해서 그렇다고 생각하는 사람이고. 여잔데, 가끔 보면 진짜 멋있단 말이야."

그녀의 말에 강욱은 자신도 모르게 천천히 고개를 끄덕여 버렸다.

조금 미련스러워 보이는데요?

그러한 생각을 잠시 했으나 차마 입 밖으로 내뱉지는 못했다.

째깍째깍, 시간은 무섭게도 흘러갔다.

외근을 나간 지 세 시간 만에 사무실로 복귀한 수현은 책상에 앉자마자 자재 쪽 사람들과 바쁘게 통화를 하며 원재료를 구하느라 애를 썼다.

　김 주임이 미안함에 슬쩍 초밥 도시락을 내밀자 그녀는 웃으며 고맙다고 말했지만 그쪽으론 눈길조차 주지 못했다.

　세상엔 어느새 어둠이 내리고 곧 자정이 가까워지는 시각.

　사고를 친 김 주임도 수현의 성화에 퇴근을 하고 사무실엔 수현과 강욱, 단 두 사람만이 남아 있었다.

　커피라도 뽑아 오려는 생각으로 자리에서 일어난 그는 여전히 그녀의 옆에 놓여 있는 도시락을 본 후 눈살을 찌푸렸다.

　역시 미련스러운 여자다, 김수현은.

　그냥 못 본 척 지나갈 수도 있었으나 강욱은 수현의 자리로 가 말을 걸었다.

　"팀장님, 식사는 하고 일하시죠?"

　"에?"

　화들짝 놀라 고개를 든 그녀는 쉴 새 없이 계산기를 두드리던 손을 멈췄다. 그리고 강욱을 얼빠진 얼굴로 보며 물었다.

　"아직 퇴근 안 했어요?"

　"일이 남아 있어서요."

　깍듯한 어투에 수현의 미간이 찌푸려졌다. 짜증이 나 구겨진 것이 아니었다. 그녀는 그를 진심으로 걱정하고 있는 것 같았다.

　"아……."

　짧게 신음처럼 말을 내뱉은 그녀가 한숨을 쉬었다.

"그래도 너무 무리는 하지 말아요."

"그건 제가 드리고 싶은 말씀입니다."

"응? 난 무리하고 있는 거 아닌데?"

"스타킹에 고 나간 건 아십니까?"

그의 말에 수현이 고개를 내렸다.

그러자 그의 말대로 쫙— 고가 나가 있는 것이 보였다. 그녀가 아차 싶은 얼굴로 인상을 찌푸렸다. 여태껏 눈치채지 못하고 있었던 것이 당혹스러운 듯했다.

"언제 이랬지?"

"현장에서 돌아오신 이후로요."

"이런. 봤으면 말 좀 해 주지 그랬어요."

"금방 아실 줄 알았죠. 팀장님은 언제나 복장에 신경 쓰시니까."

그의 말에 수현이 허탈하게 웃는다.

긴장감에 굳어 있던 그녀의 얼굴이 느슨하게 풀리자, 강욱은 곁에 있던 의자를 끌어 와 앉았다.

"못 미더운 신입이지만 계산기는 두드릴 줄 압니다."

그의 말에 수현이 잠시 얼이 빠진 표정으로 바라보더니 이내 쾌활하게 웃었다. 하하하, 시원한 웃음소리가 사무실을 가득 채웠다. 그녀가 웃는 모습을 멍하니 바라보던 그가 표정을 가다듬었다.

이 여자가 웃는 모습을 보니 왜 갑자기 뱃속이 뜨끈해지는 기분일까. 알 수 없는 일이었으나 그는 이내 스스로를 납득시켰다. 늘 긴장만 하고 있던 여자가 색다른 모습을 보였기 때문이라고.

한참 웃던 수현이 책상에 놓여 있던 계산기를 그의 앞으로 내밀었다.

"그럼 좀 도와줄래요? 끝나면 내가 저녁 쏠게요."

"저녁이 아니라 야식 아닙니까?"

"뭐, 그렇긴 하네요. 시간이 이렇게 된 줄도 몰랐어요."

이야기를 하면서도 수현의 시선은 어느새 서류로 향해 있었다. 이번 일로 인해 회사의 손실을 최대한 줄이려는 그녀의 노력이 고스란히 담겨 있는 곳으로.

그녀는 빨간 펜으로 찍찍 그어져 있는 계산서를 보며 한숨처럼 말했다.

"오늘 정말 하루 종일 바보 같네요. 허둥지둥, 정신이 하나도 없어요."

"아닙니다."

짧지만 강력한 부정의 말을 내뱉은 그가 자신에게 향하는 눈동자와 마주하며 말을 이었다.

"최선을 다하는 여자, 그거 매력 있습니다."

"칭찬이죠?"

"네."

망설임 없이 답하는 모습에 그녀가 입가에 시원한 미소를 띠었다.

"이강욱 씨한테 칭찬 들으니 기분 좋네요."

그녀의 말에 별다른 사심이 없다는 것을 알면서도 강욱은 왠지 모르게 한동안 수현의 얼굴만 바라보고 있었다.

✦   ✦   ✦

새벽녘이 되어서야 집으로 온 그는 채 세 시간도 자지 못하고 일어나야 했으나 어찌 된 일인지 머리는 더욱 맑아진 기분이었다.

빠르게 준비를 마친 강욱은 평소보다 더 일찍 집을 나서려 했다. 하지만 발걸음은 현관문 앞에서 멈췄다. 그는 가만히 도어록을 보았다.

바꾼다고 하고 너무 정신이 없어 바꾸지 못했다. 생각보다 말단 직원의 일을 만만하게 보았던 터다.

학교에서 배웠던 것들은 입사 후에 모두 쓰레기 통으로 집어넣어야 한다. 화려한 스펙도 엑셀 정리를 하는 데는 아무런 도움을 주지 못한다.

잡무란 잡무는 모두 쏟아지고, 질보다 양으로 승부를 봐야 하는 자리였다.

거기다 그의 사수인 수현은 일 중독자에 생활 모두를 회사에서 보내고 있는 사람이다 보니 그 밑에서 일하는 직원들도 하나같이 워커홀릭이었다.

"말도 안 되게 일을 하고 있기는 하지."

이 월급에.

아무리 자신이 선택한 길이라 하더라도 무리한 일정을 소화해 내야 하는 상황에 놓이자 그는 조금 후회를 하게 되었다.

그리고 그런 생각의 끝은 어느새 한 여자에게로 닿았다.

"참 웃기는 여자긴 한데……."

조금씩 그 여자가 다르게 보이기 시작한다.

긴 머리카락을 질끈 묶고서 하루 종일 바쁘게 움직이는 그녀는 정말 발바닥에 땀이 나도록 뛰어다녔다.

운영부, 사업기획팀과 하루 종일 미팅에 미팅을 거듭하였고, 현재 진행 중인 기획에 대해선 프로젝트팀과 따로 만나 대화를 나누었다.

하루에 처리를 해야 하는 서류도 수십 건이었고, 그녀가 담당한 프로젝트의 수는 상상 그 이상이었다.

이 정도 되니 그는 인정할 수밖에 없었다.

참 바쁘게 사는 여자구나.

일에 있어선 정말 타의 추종을 불허할 정도로 열심히 하는구나.

"참고로 현재 제일 좋아하는 건 일 끝난 뒤에 마시는 시원한 맥주예요."

그 말도 이젠 인정할 수밖에 없었다. 그녀의 인생에서 가장 큰 즐거움은 일이 모두 끝난 뒤 가볍게 마시는 시원한 캔 맥주 하나일 것이라고.

"후."

한숨을 내뱉은 그는 한참이고 문을 바라보다 집을 나섰다.

도어록은 나중에 바꾸자.

자신의 공간에 누군가를 들여놓는 것을 지독하게도 싫어하는 그가 웬일인지 그리 생각했다.

아침 일찍 출근을 한 그는 자신보다 먼저 사무실에 나와 있는 수현의 모습에 미간을 구겼다. 저 여잔 도대체 언제 잠을 자는 것일까?

"어, 왔어요? 일찍 나왔네요?"

"네."

"어제 집에 잘 들어갔어요? 내가 밥 사 준다니까."

가볍게 웃음을 흘린 그녀가 서류 봉투를 들고 자리에서 일어났다.

"다음에 사 주십시오, 제가 원할 때."

"음…… 뭐, 그래요."

그러면서 웃음 짓는 수현의 얼굴에서 그는 시선을 떼지 못했다.

후배의 실수를 제 실수라고 받아들이는 여자. 그 여자가 참 멍청해 보이면서도 시원하게 웃는 입술에 계속 시선이 갔다.

왜 그런 것일까?

의문은 의문을 낳고 답은 나오질 않는다. 감정에 대한 부분이라면 더욱 그랬다. 어디 사람의 감정을 명확하게 재단할 수 있겠는가.

　현재 그가 알 수 있는 건 그 여자한테 시선이 간다는 것, 그리고 무례한 첫 만남과 두 번째 만남을 제외하고선 그 여자가 꽤나 괜찮다는 것뿐이었다.

Chapter 3
원나잇? No! 투나잇!

예상했던 대로 총괄사업부엔 많은 여직원이 들락날락거렸다. 예전이라면 사내 메신저를 이용할 내용들도 직접 찾아와 전달했고, 괜히 간식거리를 가져오기도 했다.

수현은 설계 2팀에서 온 여직원에게서 커피를 받아 들며 어색하게 웃었다.

"뭐, 이런 걸 다."

"제 것 뽑으면서 총괄사업부 것도 뽑았어요. 앞으로도 업무 협조 잘 부탁드린다고요."

급히 바른 립스틱은 여기저기 번져 있었으나 설계 2팀 강 주임은 이를 알아차리지 못하고 있는 것 같았다.

"알았어요."

고개를 끄덕인 수현은 강 주임이 강욱을 본 후 웃으며 사라지자 미간을 찌푸렸다. 받은 커피를 나눠 준 뒤 자리로 돌아온 그녀는 강욱의 모습을 곁눈질했다.

다른 사람들이 저렇게 와서 볼 만큼 강욱의 외모가 뛰어난 것일까?

수현은 모니터 뒤로 얼굴을 숨기며 고개를 끄덕였다.

그래, 아주 좋은 외모이긴 하다. 저 남자에게 몇 번이고 실수를 하지 않았다면 자신 역시 눈 호강을 하고 있을지도 몰랐다.

후, 한숨을 내뱉던 수현은 웃는 얼굴로 다가오는 미연의 모습을 불안한 눈으로 보았다. 저렇게 생기발랄한 얼굴인 걸 보면 회사 일이 아닌 것이 분명했다.

"오늘 이강욱 씨 입사 기념으로 회식하는 건 어때요?"

"회식?"

이런. 반은 맞추고, 반은 틀렸네. 수현이 입맛을 쩝쩝 다시며 묻자 미연은 보기에도 부담스러울 정도로 크게 고개를 끄덕였다.

"네, 신입 사원 환영회요."

회식…… 회식이라. 3년 만에 들어온 신입 직원이었으니 거하게는 챙겨 주지 못하더라도 한 번 자리를 마련하는 편이 좋을 것 같았다.

"지금 당장은 무리고, 다다음 주 정도에 하죠? 그쯤 되면 바쁜 일정은 마무리될 테니까."

"아, 고양시 건 때문이죠?"

미연의 말에 수현이 고개를 끄덕였다. 고양시에 커다란 공원을 조성할 계획이 세워진 상태였고, 현재는 그 공원에 들어설 세부 건물들을 조율 중에 있었다.

"네, 예약은 정 대리가 하겠어요?"

"오, 메뉴 선택도 제가 해요?"

"좋을 대로 해요."

웃으며 대답한 수현이 회의 자료를 챙기며 자리에서 일어났다.

"어디 가세요?"

"아, 10분 뒤에 뮤 디자인에서 방문해요. 제주도 별장촌 건 때문에."

"그게 오늘이었구나."

고개를 끄덕인 미연은 곧게 허리를 편 채 빠르게 키보드를 두드리고 있는 강욱을 힐끗 보았다. 방금 전까지 자신을 대화의 주제로 삼고 있었는데도 이쪽으론 전혀 신경을 쓰지 않는 모습이었다.

"이강욱 씨도 함께 들어가시죠?"

"네?"

"아니에요? 제주도 출장을 함께 가시니 당연히 그럴 줄 알았는데."

의외라는 듯 미연이 되물었다. 그러자 수현은 아무런 말도 하지 못하고 입을 꾹 다물어 버렸다.

"인사팀장님이 김 팀장님께 부탁하셨다면서요, 이강욱 씨

교육. 그런데 정말 이상하지 않아요? 김 팀장님이 사수할 짬밥도 아니고."

"……."

"그럼 장소 정하고 말씀드릴게요."

총총거리며 걸음을 옮기는 미연의 뒷모습을 보던 수현이 한숨을 내쉬었다. 그리고 눈살을 찌푸리며 주위엔 관심도 두지 않은 채 제 일하기 바쁜 강욱의 모습을 보다 피식 웃음을 내뱉었다.

"무슨 일이십니까?"

"정리는 잘되어 가요?"

"네, 오늘까지 보고 올리겠습니다."

그 말에 수현이 깜짝 놀라 강욱을 바라보았다.

"오늘까지요?"

"네."

무슨 문제가 되냐는 듯 그가 그녀를 올려다보았다.

그에게 맡긴 일은 족히 일주일은 되어야 끝낼 수 있는 것이었다.

현재 태용 건설에서 진행 중인 공사들과 앞으로 계획된 공사 일정을 죄다 정리해야 했고, 건축에 사용될 자재와 인건비까지 세세하게 확인해야 했다.

설마 대충하는 거 아니야?

의구심이 든 수현의 시선이 그의 모니터로 향했다. 그러나 그 걱정은 기우였다는 듯이, 파일은 회사의 커리큘럼에 맞춰 완벽하게 정리되어 가는 중이었다.

신입인데 인간 구실을 하네?

그녀가 그리 생각을 할 때였다.

"그런데 무슨 일이십니까?"

강욱의 물음에 수현이 미간을 찌푸렸다.

"제주도 별장촌 건으로 뮤 디자인에서 오기로 했거든요. 같이 들어가요."

"따로 준비할 건 없습니까?"

강욱이 포스트잇과 볼펜을 집어 드는 것을 보며 수현은 멍하게 읊조렸다.

"딱히 없어요."

왜 이 사람에게서 프로의 냄새가 나지?

메모할 준비부터 하는 그는 신입 사원 같지가 않았다.

인생은 참 아이러니하다. 수현은 뮤 디자인에서 나온 책임자의 모습에 그리 생각을 했다.

"……뮤에 입사했어요?"

"저번 주에."

정환의 대답에 수현의 얼굴에서 핏기가 가셨다.

이 사람이 왜 다시 이곳으로 돌아왔을까. 아니, 왜 자신은 정환이 뮤에 들어간 것도 알지 못했을까. 업계 소식이라면 누구보다 빨리 듣는 자신인데, 왜 알지 못했던 것일까.

의문에 대한 답은 곧 그가 정환이기 때문이란 것으로 났다.

그니까.

의식적으로 그의 이야기를 멀리 두었었다. 모든 것을 예외로 만들 만큼 사랑했던 남자였고, 그 때문에 인생 전체가 뒤흔들렸다. 다시는 그런 경험을 하고 싶지 않았기에 그의 그늘조차도 보려 하지 않았다.

그런데 그가 업무 파트너로 또다시 앞에 나타나 있었다.

"앞으로 잘 부탁할게."

희미한 웃음을 지으며 내민 손을 수현은 쉬이 잡지 못한 채 멀뚱멀뚱 바라보고만 있었다. 그러다 이내 한숨을 내쉬며 맞잡았다.

"네, 잘 부탁드릴게요. 저희에게도 이번 건은 중요하니까요."

정환의 입술에 서리는 미소를 보며 수현은 떨리는 가슴을 애써 안정시켰다.

야, 넌 왜 여기서 뛰고 그러니?

수현은 옆에서 자신을 바라보는 따가운 시선은 느끼지도 못한 채 멍하니 정환의 얼굴만 바라보았다.

회의는 꽤 순조로웠다. 뮤 디자인 쪽에서 준비해 온 자료를 보고 의견을 나누는 식으로 진행이 되었다.

수정이 되었으면 하는 부분에 대해선 추후 태용의 상주 디자이너가 직접 가 상의하기로 했다.

그리고 디자인이 최종 통과가 되면 이번 달 말에 제주도 토지를 같이 둘러보고, 조경에 대한 이야기를 나누기로 하며 회의를 마쳤다.

강욱의 존재 때문인지 그는 아는 척을 하지 않았다. 자리에서 일어나 악수를 청하던 그때까지만 해도.

자신의 손을 한 번 힘주어 잡는 그의 모습에 수현은 자신도 모르게 손을 털어 내며 고개를 돌려 버렸다. 손가락이 저릿저릿했다, 제 마음처럼.

"저 잠시……."

뭔가 심상치 않은 분위기에도 잠자코 상황을 보고 있기만 하던 강욱은 정환이 운을 떼자 손목시계를 확인하며 무심한 어조로 말했다.

"팀장님, 일곱 시에 외부 미팅 잡혀 있지 않습니까?"

미팅은 잡혀 있지 않았다. 오늘 업무는 뮤 디자인과 회의를 마무리한 후 디자인팀과 설계팀으로 회의 서류를 넘기는 것이 전부였다.

의아한 얼굴로 강욱을 보던 수현이 곧 무언가를 깨닫곤 피식, 작게 웃음을 흘렸다.

센스가 좋은 건지, 눈치가 상당히 빠르다.

자신이 이곳에 있고 싶지 않다는 것을 용케도 눈치챈 그가 빠져나갈 구멍을 만들어 주자 그녀는 주저 없이 정환에게 고갯짓했다.

"네, 그럼 다음에 뵙겠습니다."

정환의 인사를 듣기도 전에 미팅룸을 나섰다. 사무실에 거

의 다다랐을 때, 수현은 자신의 뒤를 따르는 강욱을 돌아보며
말했다.

"고마워요."

짧은 인사말에도 강욱은 아무런 대답 없이 그녀의 얼굴만
바라보고 있었다. 묻고 싶은 것이 있는 티가 역력히 났지만
그녀는 짐짓 아무것도 모르는 척 다시 몸을 돌렸다.

오늘 해야 할 일은 모두 내일로 미뤄야겠다. 집으로 돌아
가 깨끗이 씻은 뒤 차가운 맥주를 마셔야지.

그녀가 신경을 다른 곳으로 돌리려 애쓰며 사무실 안으로
들어서려고 할 때였다.

"전에 밥 사 주시기로 한 거, 오늘 됩니까?"

조금 웃음기가 묻어나는 목소리가 들려온 것은.

치지직—

뜨겁게 달궈진 불판에 고기가 얹어지자 요상한 소리를 낸
다.

회사 근처 맛집으로 소문 난 흑돼지 전문집은 오늘도 손님
으로 가득 차 발 디딜 틈 하나 없었고, 테이블에선 왁자지껄
시끄러운 소음이 들려왔다.

하지만 홀로 다른 세상에 있는 것처럼 넋을 놓고 있는 수
현은 그 어떠한 소음도 들리지 않는 듯 멍하니 불판만 바라보
고 있을 뿐이었다.

강욱은 신입 사원답게 집게를 들고서 맛있게 고기를 굽고

있었다. 요령 좋게 그녀의 앞에 차곡차곡 고기를 쌓아 갔지만 수현은 눈길 한 번 주지 않았다. 보다 못한 그가 수현을 불렀다.

"……팀장님, 김 팀장님!"

"아…… 아, 네?"

한 템포 늦게 나오는 답에 그가 눈썹을 찌푸렸다.

"고기 탑니다."

"아! 네, 참 맛있겠네요."

수현이 고기를 입안에 넣은 뒤 질겅질겅 씹었다. 전혀 맛있어 보이는 표정이 아니었다.

그는 수현의 얼굴을 살피다가 옆에 놓여 있는 소주병을 들며 말했다.

"한잔하시죠?"

"아, 집 밖에선 술 끊었어요."

그렇게 말하면서도 수현은 입맛을 쩝쩝 다셨다. 전혀 끊은 얼굴이 아니었다.

고기를 먹을 땐 소주를 마셔 줘야 하는데.

사람들의 테이블 위엔 모두 그녀의 생각처럼 녹색 소주병 혹은 갈색의 맥주병들이 놓여 있었다.

그녀의 말에 강욱이 입술을 비틀며 웃었다.

"언제부터 말입니까?"

당신 같은 술고래가?

전혀 믿지 않는 얼굴로 웃는 그를 보며 수현 또한 작게 웃었다.

"음, 어제?"

장난스런 답에 강욱이 자신의 잔에 소주를 따랐다. 곧 무색의 액체가 가득 담겼고, 수현은 그 모습을 멍하니 바라보았다.

"인생의 낙처럼 느끼시는 것 같던데, 쉽게 포기하시네요?"

"쉽게 포기했겠어요? 다 절망적인 실수를 해서 그렇지."

그녀가 먼저 강욱의 집에 찾아갔던 일을 떠올리며 말했다.

솔직하다고 해야 할지…….

그가 수현의 모습을 보며 그리 생각할 때였다. 수현은 무거웠던 표정을 모두 털며 고기 하나를 날름 더 집어 먹었다.

"내가 다시 술을 입에 대면 개다, 라고 생각하고 눈 질끈 감았죠."

"겨우 하루 됐고요?"

"그만 찔러 대요, 아프니까."

킥킥, 작게 웃은 수현이 한숨을 내뱉었다. 그녀는 한결 가벼워진 표정으로 밥에 된장찌개를 석석 비벼 입에 크게 밀어 넣었다.

끝내주게 맛있네.

속으로 애써 밝은 생각을 하던 수현은 조금씩 바닥을 보이는 된장찌개와 반찬들을 둘러보고 나서야 젓가락을 내려놓았다. 그리고 중간에 시킨 사이다로 입안을 말끔히 했다.

예상과 달리 그가 밥을 사 달라고 하여 시간이 늦어졌지만 그녀의 계획은 여전히 그대로였다.

집으로 가 시원한 맥주로 오늘 하루 종일 자신을 괴롭히던 생각을 깨끗이 지워 내는 것. 그리고 갑자기 제 앞에 나타난 남자 따윈 말끔하게 잊는 것.

수현은 강욱 역시 젓가락을 내려놓자 멀어졌던 정신을 붙잡았다.

그는 속을 알 수 없는 눈동자로 수현의 얼굴을 보고 있었다. 그녀가 어색한 얼굴로 손을 들어 뺨을 쓰다듬었다.

"얼굴에 뭐 묻었어요?"

그녀의 물음에 강욱이 무심한 어조로 말했다.

"고정환 팀장님과 아시는 눈치던데."

"음……."

당혹감에 수현의 얼굴이 굳어졌다. 그녀가 우물쭈물하며 입을 다물고 있자 그는 표정 하나 바뀌지 않은 채 말을 이었다.

"사적인 질문이라 답해 주기 싫습니까?"

"네."

망설임 없이 흘러나온 답. 기분 나쁠 것도, 더 이상 궁금해할 것도 없었으나 그는 어쩐 일인지 입술을 비틀어 묘하게 웃는다.

"너무 잘라 말하니 더 궁금한데요?"

와자작.

원래의 얼굴이 어떠한 것인지 알 수 없을 정도로 표정이 찌푸려진다.

건드리지 말아야 하는 곳이군.

그렇게 생각한 강욱은 제 앞에 놓인 소주잔을 들며 물었다.

"그럼 전 마셔도 되겠습니까?"

"그러세요."

후우, 소리 없이 한숨을 내뱉은 수현은 그가 술을 달게 마시자 멍한 눈을 깜빡였다. 마시고 싶은 눈치였으나 그의 앞에서 몇 번씩이나 추태를 부렸기에 자제를 하고 있는 기색이 역력했다.

그가 빈 잔에 소주를 따르며 심드렁한 목소리로 말했다.

"그러지 마시고 한잔하시죠? 기분도 영 아니신 것 같은데."

"공적인 자리에선 원래부터 웬만하면 안 마셨어요."

"그럼 사적인 자리로 만들죠. 지금 무척이나 사적인 관계가 필요해 보이는 얼굴이신데."

"흑……."

"괜찮죠?"

그의 물음에 수현의 입가에 웃음이 머물렀다. 그의 말이 맞았다. 지금은 부하 직원보단 조금 더 편한 대상이 필요했다.

뻣뻣하게 굳어 있던 어깨를 아래로 축 늘어뜨린 수현은 거칠게 머리를 쓸어 올린 후 한숨을 내뱉었다.

"돗자리 깔아도 되겠어요."

그것으로도 충분히 답이 된 것인지 강욱이 입가를 느슨하게 풀며 말한다.

"마셔."

짧은 말. 조금은 권위적인 태도.

회사에서 만나기 전으로 완벽히 돌아간 그는 그녀의 술잔을 채워 준 후 넥타이를 끌러 냈다.

그 모습은 묘하게 사람의 시선을 잡아끌었고, 수현은 잠시 그의 얼굴을 뚫어져라 보았다. 그러다 두 사람의 눈이 마주쳤다.

"뭘 그렇게 봐?"

"내, 내가 언제 봤다고요?"

"방금 뚫어져라 봤잖아."

이런 시건방진!

그의 말에 수현이 심통 난 얼굴로 답했다.

"내가 이력서를 봤거든요. 이강욱 씨, 나보다 두 살이나 어린 것 알아요?"

"너무 어려 보여서 몰랐네."

"……."

기가 막힌 타이밍에 하는 칭찬에 그녀의 입술이 무겁게 닫혔다.

아, 능구렁이. 능글능글, 그러면서도 성격은 사포 같고.

참 종잡을 수 없는 남자다, 이강욱은. 다음 반응을 전혀 알 수 없는.

그녀가 멍하니 자신의 얼굴을 바라보자 그는 다시 한 번 소주잔을 기울여 입에 털어 넣은 후 싱긋 웃었다.

"지금이라도 존대해 줘?"

"아니, 됐어요. 소름 돋을 것 같아요. 회사에서만 조심해 줘요."

그 어투가 비밀스러운 만남을 지속하자는 것처럼 들린다는 것을 그녀는 알까. 아니, 장난스럽게 손을 들어 제 팔을 쓰다듬는 모습을 보면 전혀 모르는 것 같았다.

그가 조금은 짜증이 올라온 표정을 지었다.

"처음 만날 때부터 느꼈는데 당신, 정말 예의 없는 사람이야."

"미안해요."

그러면서도 입꼬리를 올려 웃는 모습에 그도 따라 웃었다. 하지만 그녀의 장난은 거기서 끝나지 않았다.

"어쩜 저랑 그렇게 똑같은 생각을 하셨나요. 신기하네요."

그렇게 말하며 수현이 다시 한 번 웃어 보였다. 싱그러운 웃음에 그가 제 잔을 채웠다.

"과거 남자?"

"허를 찌르는 게 취미인 줄은 몰랐네요."

방금 전에도 그렇고, 지금도 그렇고.

"남의 연애사가 궁금하기는 하죠. 그리 즐거운 이야기는 아닌데 들려줘요?"

"뭐, 정 하지 못할 말이면 하지 말고."

"옛 남자 친구 맞아요. 처음이자 마지막 남자 친구였죠."

"이런. 그런 남자와 일로 만났고? 공과 사를 확실히 하고 싶어 하는 김수현 씨 답지 않네."

그의 물음에 수현의 입가에 어색한 웃음이 머물렀다.

"그래서 공과 사를 분명히 하고 싶은 거예요."

그게 무너졌을 때 어떠한 타격이 오는지 알고 있으니까. 그 무시무시한 후폭풍을.

"회사에서도 마주치니까 미치겠더라고. 비밀 연애여서 남들은 모르고, 계속 둘만 있는 일이 생기는데 정말 돌아 버리겠더라고요. 태훈 디자인에 다녔었거든요. 거긴 오랫동안 태용 건설과 디자인 협약을 맺었던 회사고."

하루에 많으면 다섯 번까지 그와 업무적 미팅을 해야 했었다. 같은 회사에 다닌다고 해도 무방할 정도로. 큰 아파트 단지 건을 진행했을 땐 아예 그가 태용으로 출근하기도 했었다.

"6년을 내리 연애했어요. 그리고 반년 뒤에 정환 씨가 그만둘 때까지 계속 얼굴을 봐야 했죠."

비밀 연애는 짜릿하고 즐거웠으나 한쪽의 사랑이 식고 이별을 했을 땐 끔찍하고 괴로웠다. 무엇을 하든 몸에 힘이 없었고, 그렇게 열성적이었던 일에도 시들시들해졌다.

그렇게 그와 이별 후 6개월은 회사에 있는 자신의 자리가 자기 것처럼 느껴지지 않았다.

그때부터 술이 늘었던가……?

그녀는 멍하니 생각하다 곧 쓰디쓴 한마디를 내뱉었다.

"퇴사 후…… 나보다 더 오래 만났던 여자랑 결혼을 했고요."

그리고 그때야 알았다. 자신이 유일하게 마음을 줬던 상대가 나 아닌 다른 사람과도 사랑을 하고 있었다고.

갑자기 온몸에 벌레 수백 마리가 기어 다니는 느낌이 들었고, 제 몸이 더럽게 느껴졌다. 사랑은 애초부터 없었던 것이고, 세상에 존재하지 않는 것이라 생각한 것도 그때다.

그에 반해 일은 사람을 배신하지 않는다. 하는 만큼 되돌아오는 것. 그 일 이후 그녀는 어쩜 더 사람과의 관계에 소홀해졌는지 모른다.

모든 이야기를 끝낸 수현은 제 얼굴을 빤히 바라보는 강욱과 눈을 마주했다.

강렬하고 흔들림 없는 표정. 지리멸렬한 이야기를 듣고도 그는 아무렇지 않은 표정이었다. 그건 조금 의외였고, 조금 그녀를 놀랍게 했다.

"정말 즐거운 이야기는 아니죠? 이강욱 씨한테 별소리를 다 하네."

그래, 이런 반응일 줄 알아서 했던 것일지도 모른다. 속에 있는 이야기를.

"아직도 술 끊었어?"

이렇게 가볍게 넘기는 사람이란 것을 알기에.

그의 물음에 수현은 제 앞에 놓인 소주잔을 보았다. 사람의 감정은 참 싫다. 이렇게 뒤흔들어 놓으니까.

소주잔을 기울여 안에 있던 것을 단번에 입속으로 털어 넣은 수현은 허공에서 잔을 흔들었다.

"아니요. 한 잔 더 줘요. 먹고 죽어 버리게."

그래, 마시고 잊자.

그 사람을 다시 만나고 뛰었던 내 심장도 말끔하게 잊자.

"이봐, 김수현 씨!"

고깃집 앞에서 강욱은 수현의 어깨를 붙잡은 채 짜증스럽게 외쳤다. 비틀거리는 다리는 둘째치고 곤히 잠든 얼굴을 보자 난감함을 넘어서 짜증이 울컥 솟았다.

화장실 다녀오는 사이에 잠들 줄이야.

두 사람의 테이블에 놓여 있던 소주병이 열 병을 넘어서면서부터 그만 자리를 끝내야겠다는 생각을 했다. 하지만 수현은 술은 남기지 않는 것이라 했고, 그가 화장실에 다녀오는 사이 말끔히 잔을 비운 후 잠들어 있었다.

"김수현 씨, 집이 어디예요?"

자려거든 집 정도는 알려 주고 자라고!

그의 얼굴이 신경질적으로 굳었다. 그녀를 어찌해야 할지 난감함에 머뭇거리고 있을 때였다.

지나가던 택시가 앞으로 부드럽게 멈춰 서자 방금 전까지 시체처럼 몸을 축 늘어뜨리고 있던 수현이 눈을 번쩍 떴다. 그리고 제법 멀쩡한 사람처럼 그의 눈을 똑바로 보며 말했다.

"그럼 저 먼저 들어가 볼게요."

손을 흔들며 택시에 오르는 수현의 모습을 벙찐 얼굴로 보던 그가 허탈한 듯 피식 웃음을 내뱉었다.

"진짜 정체가 뭐야?"

멍하니 있던 그가 이내 허리를 숙이며 푸하하 웃음을 터뜨렸다. 손바닥을 척 보이며 사라진 그녀의 모습이 귀여워 미치겠다는 듯이.

눈가에 눈물이 고일 정도로 한참 웃던 그는 진정이 되고 나서야 지나가던 택시를 붙잡았다. 그렇게 차에 타고서도 한참이나 수현을 떠올렸다.

회사에서 그리 멀지 않은 집에 도착한 그는 엘리베이터에 오르자 어깨를 내리누르는 피곤함에 눈을 감았다.

머릿속이 다소 복잡해졌다. 수현에게 들었던 이야기, 그리고 그녀의 웃음, 잠든 줄 알았던 그녀가 순식간에 택시에 오르며 사라졌던 일까지.

땡—

내려야 할 층에 도착했다는 알림음이 들리자 그가 눈을 떴다.

터벅터벅 옮겨지는 무거운 걸음은 느릿했으나 끊임없이 이어졌다. 서둘러 씻고 침대에 눕고 싶은 마음이 굴뚝같았다. 하지만 그의 걸음은 현관문에 도착하기도 전에 우뚝 멈췄다.

삐리리릭—

"아이, 참. 왜 안 되지?"

삐리리릭!

"이상하다?"

자신의 집 문 앞에 연신 마스터키를 가져다 대는 수현의 모습에 그가 벙찐 듯 자리에 멈춰 섰다.

왜 저 여자가 여기에 있는 거지? 그런 의문도 잠시, 술에 취해 자신의 침대를 두 번이나 찾았던 그녀의 모습이 떠올랐다.

"푸하하하!"

결국 참다못한 그가 시원하게 웃음을 터뜨렸다. 방금 전 그녀와 헤어질 때보다 더 유쾌한 웃음소리였다. 반쯤 잠긴 눈으로 연신 마스터키를 가져다 대던 수현이 고개를 돌려 강욱을 멍하게 보았다.

"어? 이게 누구야? 이강욱 씨가 왜 여기 있어요?"

혀 꼬인 목소리로 말하던 그녀가 후들거리는 다리에 털썩 주저앉았다.

몸에 힘 한 자락 안 들어가는 것인지 그녀의 손에 있던 신용카드와 신분증, 마스터키가 바닥에 나뒹굴었다.

"나 진짜 힘들어요. 빨리 자고 싶은데 문이 안 열려요."

찡얼거리는 그녀를 보며 강욱이 성큼성큼 걸음을 옮겼다.

"나 힘들다니까……."

"집에 오는 내내 당신만 생각했는데, 와 보니 거짓말처럼 당신이 있네?"

그의 말에 꼼지락꼼지락 움직이던 수현의 손가락이 순간 멈추었다. 천천히 고개를 든 수현은 말간 눈동자로 그를 올려다보며 고개를 기울였다.

"그거 이상하네. 마치 이강욱 씨가 나한테 관심이 있다는 것처럼 들리네요?"

"당신이 생각해도 그렇지?"

그렇게 말한 강욱이 의뭉스러운 표정으로 웃었다. 뭔가 잔뜩 꿍꿍이를 가진 사람처럼.

걸음을 옮긴 그는 도어록 앞에 멈춰서 수현을 내리깔아 보았다.

"열어 줄까?"

끄덕끄덕, 이젠 이야기할 기운도 없다는 듯이 수현이 고갯짓을 하자 그의 눈동자가 반짝였다.

"당신이 원한 거다?"

비밀번호를 누른 그가 문을 활짝 열어 주었다. 그러자 수현은 떨어뜨린 물건은 모두 그대로 둔 채 자리에서 일어나 집 안으로 들어갔다.

터벅터벅 걸음을 옮기는 그녀를 보다 그가 바닥에 떨어진 물건을 주워 들었다. 핸드백과 신용카드, 그리고 주민등록증이었다.

"이래서 매일 내 집으로 왔구만?"

이제야 왜 그녀가 자신의 집으로 왔는지 알게 된 강욱은 고개를 설레설레 저었다. 주민등록증의 주소가 여전히 이곳으로 되어 있었다.

"주소 이전 정도는 하라고."

피식, 작게 웃음을 내뱉은 강욱이 집 안으로 들어서자 그녀는 어느새 침대에 누워 작게 코를 골며 잠들어 있었다.

수현의 얼굴을 바라보는 강욱의 눈동자에 담긴 감정이 찰랑였다.

"당신 과거를 들어서 무척 기분이 나빴는데, 지금은 왜 그런 것인지 모르겠지만 다 풀렸어. 진짜 신기하지 않아?"

그래, 그때부터 기분이 상당히 나빠졌었다. 왜 그런 것인지는 모르겠으나. 그 남자의 도덕성 때문일까?

"내가 그런 걸 신경 쓰는 놈이던가?"

아니, 그럴 리가 없잖아.

수현의 얼굴을 가만히 내려다보던 그가 발걸음을 돌려 욕실로 향했다. 기분이 좋은 듯 닫힌 문 너머로 작은 허밍이 들려왔다.

부스럭부스럭.

오늘도 숙취와 함께 하루를 시작한 수현은 머리가 쪼개질 것처럼 두통이 몰려오자 작게 앓는 소리를 냈다.

"끙."

아, 정말 죽겠다.

이젠 몸이 예전 같지 않은 것인지 과음을 한 다음 날은 오늘처럼 무리가 왔다.

해독 능력이 떨어진 게 분명해.

그렇게 생각한 수현이 천천히 눈을 떴다. 그리고 순간 자신과 마주치는 눈동자에 숨을 들이켰다.

"꺽……."

턱이 아플 정도로 입이 벌어졌다.

"잘 잤어?"

"……"

생글생글 웃는 모습에 그녀는 말을 잊고 입을 꾹 다물었다. 강욱은 아침부터 상쾌한 모습이었다.

참, 상큼하기도 하다. 두 살 차이의 간극이 이리도 크단 말인가.

수현은 놀라운 상황에서도 실없는 생각을 했다. 그러다 문득 이 상황을 완전히 이해한 듯 고개를 숙여 자신의 복장을 살폈다.

속이 비칠 만큼 얇은 민소매와 사타구니에 닿는 이불의 느낌이 참으로 간편한 차림새라는 걸 알려 주고 있었다. 그녀의 눈이 질끈 감겼다.

세상에.

너 또 무슨 짓거리를 한 거야!

이젠 슬슬 자신의 존재가 아메바처럼 느껴지기 시작했다.

"어제 무슨……."

떨리는 목소리로 말하던 수현은 미처 말을 끝맺지 못하고 입을 다물었다.

'어제 무슨 일 있었어요?'

이 얼마나 무책임하고 바보 같은 질문이란 말인가. 하지만 그는 미처 끝맺지 못한 그녀의 질문에 답을 해 줄 생각인지 선이 고운 입술을 달싹였다.

"글쎄, 무슨 일이 있었던 것 같아?"

웃는 얼굴과는 달리 무감한 목소리. 그 목소리에 그녀의 고민이 깊어졌다.

설마 사고라도 쳤나?

남자와 한 침대에서 아침을 맞이했다면 당연하게 드는 의문이었다. 하지만 그녀는 곧 무언가를 깨달은 것인지 얼굴을 찌푸렸다.

상체를 벌떡 일으킨 수현은 이불을 끌어 와 제 몸을 가리다 말고 손을 파들파들 떨었다. 그 역시 자신과 마찬가지로 옷을 생략한 상태였기 때문이다.

서둘러 그의 몸까지 가려 준 수현은 방금 전 보았던 넓은 가슴을 애써 머릿속에서 지워 냈다.

"연애 경험이 적어도 다음 날 몸 상태 정도는 알 수 있거든요? 장난하지 말아요. 깜짝 놀랐잖아요. 그나저나 어제 정말……."

이번에는 그가 그녀의 말을 가로막았다.

"다음 날 몸 상태 정도는 알 수 있다?"

그렇게 이야기하는 강욱의 표정이 비틀려 보이는 것은 단순한 착각인 걸까? 하지만 몸은 섹스를 나눈 다음 날의 것이 아니었다.

그녀의 눈빛에 의아함이 스며들자 그가 자리에서 벌떡 일어났다. 그 덕에 가려졌던 넓은 가슴이 고스란히 시야에 들어왔다.

고개를 돌려 시선을 피한 수현은 표정 관리를 하려 애를 썼다. 표정은 금세 갈무리되었으나 붉어진 뺨까지는 어찌하지 못했다.

"당신, 무지 열 받아."

그리고 짜증을 일으키기도 하고.

차갑게 말을 내뱉은 그가 신경질적으로 얼굴을 구겼다.

그녀의 표정이 멍해진다.

무디디무딘 김수현은 연애에는 바보요, 남자의 마음 따위는 모르는 사람이었다. 방금 전 자신이 꺼낸 말이 그에게 어떤 식으로 받아들여질지도.

고개를 돌려 강욱과 마주한 수현이 미간을 찌푸리며 물었다.

"왜 열 받는데요?"

"글쎄, 왜 그럴까?"

그렇게 물은 그는 답을 기다리는 대신 아래로 뚝 떨어져 있던 수현의 가느다란 팔목을 붙잡아 침대로 밀어붙였다.

눈 깜짝할 사이에 침대에 눕게 된 수현은 강욱의 얼굴을 올려다보았다. 그러다 상황을 캐치해 낸 것인지 팔목을 비틀며 거친 목소리로 말했다.

"뭐하는 짓이에요?"

목소리의 톤이 조금 높아졌다.

연신 그의 손길에서 벗어나기 위해 팔을 비틀고 허리를 꼼지락거려 보아도 강욱은 남자였다. 그것도 몸이 상당히 다부진. 손쉽게 빠져나올 수 있을 리가 없었다.

씨익, 씨익. 수현이 거친 숨을 내뱉었다.

"당장 놓아요."

그녀는 높은 목소리만큼 눈빛에도 무시무시한 경고를 담고 있었다. 당장 비키지 않으면 거시기라도 걷어찰 것처럼.

하지만 그는 반항을 하는 그녀의 허벅지를 꾹 누른 후 물었다.

"나랑 잘까?"

"⋯⋯."

그의 입에서 전혀 생각하지도 못했던 말이 나오자 그녀가 순간 얼이 빠진 표정을 지었다. 그러다가 그의 눈동자에서 발견한 열락에 표정을 다듬었다.

아, 나 지금 위험한 상태구나. 그래, 김수현. 너 지금 아주 위험해. 잘못하면 이 남자한테 잡아먹히게 생겼잖아.

벌써 그와 함께 세 번의 아침을 맞이했다. 이제껏 아무 일도 일어나지 않았다는 게 신기할 정도였다.

"이강욱 씨와 만나고 나서는 정말 서프라이즈한 인생이네요. 나랑 같이 자자고 하는 남자도 오랜만이고."

이 남자가 자신을 여자로 생각한다는 걸 깨달은 순간 수현의 입술이 시니컬하게 휘었다.

하지만 강욱은 눈 하나 깜짝하지 않은 채 그녀와 비슷한 웃음을 지었다.

"그래서?"

"싫어요."

"왜?"

답은 망설임이 없었다. 그리고 거기에 대한 질문 또한 망설임이 없다.

그는 거침이 없었고, 순식간에 그녀가 쳐 놓은 단단한 성벽을 무너뜨릴 것처럼 몰아붙였다.

하지만 그녀는 서른넷의 여자다. 그것도 아주 지리멸렬한 연애를 한 여자.

사랑의 아픔이 무엇인지 깨달은 그녀는, 자신보다 2년이나 늦게 태어난 남자의 제안쯤은 쉬이 거절할 수 있는 단단한 멘탈로 중무장되어 있었다.

"이강욱 씨는 다른 사람과 몸을 섞는 일이 아주 쉬운지 몰라도 전 아니거든요. 사랑하는 사람이랑 하는 일이라고 생각해요."

하지만 입술에서 나오는 말은 성인 여자가 할 법한 것이 아니었다.

인스턴트의 사랑이 쉽고, 사랑보단 상대가 가진 능력과 돈을 더 중요시할 수 있는 이 시대의 것이라기엔 너무나 꿉꿉하고 궁상맞을지도 모르는 말. 하지만 그녀의 말에 강욱은 비웃음 대신 얼굴을 구겼다.

"그 말 역시 엄청 열 받아."

그의 말속엔 다른 뜻도 담겨 있었다.

그럼 너랑 과거에 사랑을 나눴던 그 남자는 그렇게 생각했나 보지?

그건 단순한 질투, 그 이상도 이하도 아니었다. 하지만 이미 그녀가 주는 불쾌함에 그는 아무런 생각도 하지 못했다.

"내가 충동적이고 가벼워 보여?"

"네."

수현이 딱 잘라 답하자 가느다란 팔목을 붙잡고 있던 손에 힘이 들어갔다.

꿈틀, 고통에 그녀의 미간이 구겨졌다.

"그렇게 볼 수도 있지. 하지만 난 말이야. 아주 솔직한 사람이야."

"……뭐, 그렇게도 보이네요."

"그리고 하고 싶은 건 무조건 해야 직성이 풀리는 남자지."

이번에는 그녀가 쉽게 답하지 못했다. 그러자 강욱의 입술에 걸려 있던 비틀린 웃음이 진해진다.

그는 그녀의 팔목을 잡고 있던 오른손을 떼어 낸 후 그녀의 쇄골 밑을 손가락 끝으로 쿡 찔렀다. 고통이 느껴질 만큼 강력한 힘으로.

"이 가슴이 얼마나 불신으로 똘똘 뭉쳤는지는 모르겠지만 방금 내가 하나 결심한 게 있지."

"……뭘?"

"당신의 입에서 사과의 말이 나오는 것."

그렇게 말한 그는 방금 전까지 진중했던 표정을 지운 후 웃었다.

"앞으로 내 마음이 충동적이고 가볍지 않다는 걸 보여 주지."

당신이 날 직장 동료가 아닌, 남자로 보게 만들어 주지.

그는 한 번 한다면 하는 남자였고, 고집은 쇠심줄보다 두 껍고 튼튼했다.

강욱은 아주 이중적인 모습을 가지고 있는 것처럼 자리에서 일어나 무심한 표정을 지었다. 방금 전 열정적이었던 그 남자가 맞나 싶을 정도로.

"팀장님, 이만 씻고 준비하시죠."

남자는 어느새 사무적으로 돌아가 있었다.

✤   ✤   ✤

강욱은 도저히 감을 잡을 수 없는 사람이었다. 같이 잠자리를 가지자는 이야기를 들은 후 출근했을 때, 수현은 그가 끈질기게 달라붙으면 어쩌나 고민을 했었다.

하지만 그는 놀랍도록 사무적으로 그녀를 대했다. 관심을 보인 이라면 평소 하지 않던 지각을 한 그녀를 의아한 눈으로 보는 팀원들뿐이었다.

이제 포기한 건가?

그래, 한 번 거절을 당한 후로 자존심이 상해서 저렇게 대하는 걸지도 몰라.

그녀는 깍듯하게 인사를 건네는 그를 보며 그러한 생각을 했다. 하지만 이번에도 역시나 그녀의 예상은 완벽하게 빗나갔다.

데이트하자.

마치 고양이가 더 높은 곳으로 점프하기 위해 잠시 몸을 웅크리고 있는 것처럼 그 또한 그랬다.

이틀이란 시간 동안 간이라도 본 것인지 아무런 연락도 하지 않았던 그는 불시에 공격을 했고, 그녀를 벙찌게 만들었다.

화면에 뜨는 메시지에 그녀는 놀란 눈으로 그의 자리를 보았다. 퇴근 시간이 다 되어 온 메시지는 그녀의 기분을 한없이 다운시켰다.

그는 그녀를 보고 있지 않았다.

뮤지컬, 어때?

뭐야, 이 남자. 포기한 것 아니었어?

두 번째로 온 메시지에 놀란 눈을 동그랗게 뜨며 글을 읽고 또 읽던 그녀가 서둘러 손가락을 놀려 답장을 썼다.

싫은데요.
취미 생활이란 걸 함께 만들어 보는 건 어때?
역시나 싫어요.

그녀가 쓰는 말은 '싫다'가 전부였다. 정말 싫었으니까.

그녀는 그에게서 답장이 오자 이번에는 확인도 하지 않은 채 자리에서 벌떡 일어났다. 그리고 자신의 움직임을 따라 시선을 드는 그에게 강력하게 경고했다.

이러지 마! 난 연애할 마음이 없어! 일과 연관된 사람은 더더욱 싫어!

강렬한 눈빛에도 그가 부드럽게 웃자 수현은 순간 힘이 탁 풀려 자리에서 비틀거리고 말았다.

서둘러 손을 뻗어 책상을 짚은 그녀가 지끈지끈 아파 오는 이마를 쥘 때였다.

가까이 다가온 미연이 잠시 의아한 얼굴로 그녀를 바라보다 말을 꺼냈다.

"뮤 디자인 고정환 팀장님 오셨는데요."

"아."

수현의 표정에 금이 갔다.

고정환, 그 이름을 잊고 있었다. 강욱과 그런 일이 있고 나서. 정말 신기하게도 말이다.

"미팅룸에 있어?"

"네, 빠뜨린 이야기가 있다고 직접 방문했대요. 미리 연락 주지 못해서 미안하다고……."

"그래, 미연 씨도 들어갈래?"

"저는 다른 미팅이 있어서요. 뮤는 제가 담당인데 죄송합니다."

"아니야, 일이 그렇게 됐는데 어떻게 하겠어."

수현은 웃음을 짓고 있었으나 어딘가 어설펐다. 화려한 화장을 해 놓은 얼굴이 순간 서글퍼 보였다.

미팅은 굳이 퇴근 시간이 다 되어 찾아올 필요가 없을 정도로 작고 하찮은 것이었다.

당장 공사에 들어갈 것도 아니었고, 아직 위에서 승낙도 떨어지지 않았기에 갑자기 찾아와 해야 할 중요한 이야기 따윈 없었다.

수현은 30분도 되지 않아 미팅이 끝나자 자리에서 일어났다.

"자세한 사항은 공사 들어가기 전에 한 번 더 이야기 나누시죠."

그녀의 사무적인 목소리에 정환 또한 자리에서 일어났다. 그는 무언가 할 말이 있는 듯 보였으나 수현은 잠시의 틈도 주지 않았다.

허리를 숙여 인사한 그녀가 곧장 미팅룸을 벗어나려고 할 때였다. 뒤에서 망설인 티가 역력한 목소리가 들려왔다.

"수현아……."

그의 친근한 어투에 높은 힐을 신고 있던 발이 우뚝 멈추었다.

젠장, 김수현. 이 멍청한 년. 왜 여기서 동요하고 난리야?

속으로 수없이 많은 욕설이 날아들었다. 그건 속이 빤한 정

107

환을 향한 것이 아니었다.

그렇게 지독하게 떠난, 그리고 6년의 세월 전부를 거짓말로 만들었던 그에게 아직도 동요를 하는 자신을 향한 것이었다.

숨을 크게 들이마셨다가 내뱉은 수현이 천천히 뒤돌아섰다.

"직급은 붙여 주셔야죠, 고정환 팀장님."

"미안하다."

와작!

그의 말에 어딘가 금이 가고 부서지는 소리가 들렸다.

그녀가 일그러진 얼굴로 그를 보았다.

"무슨 말이야?"

"너에게 한 행동, 모두."

"이미 끝난 일이야."

그녀가 딱 잘라 말했다. 더 이상 당신과 연관되고 싶지 않다고. 하지만 정환은 쉬이 물러나지 않았다.

"미안해……."

그가 성큼성큼 다가와 수현의 가느다란 팔목을 붙잡았다. 커다란 손에 감싸인 자신의 팔을 힘없이 내려다보던 수현이 입술을 비틀어 조소 지었다.

요즘 내 팔목 쥐는 남자들이 왜 이렇게 많대.

쓸데없는 생각을 하던 그녀가 고개를 돌려 정환을 보았다.

"당신이 미안해할 건 없어. 내가 멍청했던 거니까."

"……."

"크리스마스, 그리고 당신의 생일에 일이 있다고 만나지 못하겠다는 소리를 들었을 때 의심해 봤어야 했어. 아무리 일로 엮인 사이라지만 계속 비밀 연애를 하자고 했을 때 확신했어야 했고. 내가 너무 무르고 멍청했어. 그러니까 미안해하지마."

그녀는 스스로를 향해 비난을 쏟아 냈다. 멍청하고 순진했던 자신의 찬란한 20대에게. 그리고 그 20대를 망쳐 버린 남자를 노려본 후 손을 털어 냈다.

"앞으로 이렇게 사소한 일로 찾아오지 말고. 나 당신을 만났을 때처럼 한가하질 않거든."

"우리……."

그가 아주 친숙한 단어를 꺼냈다.

'우리'.

그녀는 그의 말을 다 듣기도 전에 입술을 깨물었다.

"닥쳐."

날카로운 말에 정환이 놀란 듯 입을 벌렸다.

"구린내 나니까 제발 닥치라고."

신랄하게 욕설을 내뱉은 그녀는 곧장 뒤돌아서 미팅룸을 빠져나왔다. 그리고 엘리베이터가 있는 쪽이 아닌 정반대 방향으로 힘차게 걸어갔다.

주위에 아무도 없는 것을 확인한 수현은 자리에 털썩 주저앉았다. 엉덩이로 찬 기운이 올라왔다. 하지만 그것이 지금 자신의 마음보다 시리겠는가.

입술을 악문 수현이 손을 들어 얼굴을 가렸다. 손바닥에 뜨거운 눈물이 닿았다. 자신이 한심해서 견딜 수가 없었다.

"김수현, 이 멍청한 년. 너나 닥치고 너나 제발 정신 차려."

주문을 외듯 읊조린 수현은 순간 자신의 어깨를 감싸는 손길에 놀라 손을 내렸다.

신기하게도 눈앞에 강욱이 서 있었다.

마법처럼 짠 하고 나타난 그는 그녀가 뭐라고 말을 하기도 전에, 눈물을 닦아 내기도 전에 거칠게 입을 맞췄다.

그의 입술은 너무나 뜨거워서 살갗을 모두 태울 것만 같았다. 비스듬히 내려온 입술은 그녀의 입술을 한입에 집어삼켰고, 길게 혀를 빼내어 핥았다.

할짝!

자극적인 소리에 그녀의 몸에 오소소 소름이 돋았다. 눈물이 찔끔 날 만큼 강력한 쾌감은 한동안 잠자리를 가진 적 없는 그녀의 몸을 순식간에 달궈 놓았다.

긴 키스가 이어졌고, 입술이 그의 타액으로 흠뻑 젖었다. 정신을 놓을 만큼 강력한 키스 후, 그는 숨결이 닿을 정도로 가까운 거리에서 말했다.

"이봐, 내가 평범하게 하고 싶었는데 말이야."

"뭐야, 너 진짜……."

그녀의 말에 그의 입꼬리가 삐뚜름해졌다. 그 모습은 마치 악동 같아 보였다.

"당신 꼴이 너무 한심해서 그러지 않기로 했어, 방금."

그렇게 말한 강욱은 그녀를 제 품으로 끌어당긴 후 힘껏 안아 주었다.

"애써 예매한 뮤지컬 표도 쫙쫙 찢었고."

그의 말에 수현이 웅얼거리는 목소리로 말했다.

"키스한 거 사과해."

"먼저 입 맞춘 건 너야. 내가 말했지? 눈에는 눈, 이에는 이. 당신이 먼저 내 입술 훔쳐 갔으니 나도 그렇게 한 거야."

그가 고저 없는 목소리로 빠르게 말을 내뱉었다.

어쩜, 이렇게 한 번도 져 주질 않냐.

수현이 괜히 뾰족해져 투덜대기도 전, 그가 말을 이었다.

"그리고 말하는데, 당신이 내 침대에 들어온 것도 세 번이 니 나도 세 번 들어가려고."

그의 말에 수현의 눈동자가 멍하니 변했다. 그리고 이강욱 은 이 작은 틈을 놓칠 남자가 아니었다.

"내가 하자는 대로 해. 나 그렇게 가벼운 놈 아니야. 모르는 여자, 믿지도 않는 여자, 아무런 감정도 없이 침대로 끌어들일 만큼 용기가 대단한 놈도 아니고. 혹시 그 여자한테 성병이 있 을까 봐."

"그것 참 대단하네."

이젠 그녀의 목소리에도 웃음이 섞였다. 방금 전까지 제 기 분이 진창에 빠져 엉망이었다는 것도 잊은 채.

이강욱은 참 신기한 사람이었다. 가장 잊고 싶은 존재를 너 무도 쉽게 잊게 만들며 마음속에 남은 것들도 순식간에 무력

화시킨다.

왜 그럴까, 왜 이 사람은 날 이렇게 만드는 것일까.

그녀는 곧이어 들려오는 말에 생각을 멈췄다.

"근데 왜 말은 갑자기 낮추고 난리야?"

"나도 눈에는 눈, 이에는 이야."

키득키득, 그녀가 작게 웃음을 내뱉었다. 그러자 그가 그녀를 끌어안고 있던 팔을 느슨하게 풀었다. 이젠 그녀가 도망가지 않으리란 판단이 서서일 것이다.

그는 수현의 얼굴을 내려다보며 제법 진중한 어투로 물었다.

"그래, 그럼 날 당신 침대에 들일 마음이 생겼어?"

"지금은."

그래, 지금은. 진창에 빠진 지금의 마음으론.

그러자 그가 입술을 부드럽게 휘며 매력적으로 웃었다.

"좋아. 그럼 우리 꽤나 각별한 사이가 된 거지?"

끄덕끄덕.

수현이 힘없이 고개를 끄덕이자 그는 손을 들어 그녀의 뒷머리를 쓰다듬었다. 그리고 다시 한 번 그녀를 제 품으로 이끈 뒤 말했다.

"그럼 지금 우릴 얼빠지게 보는 저 놈 한 대 쳐도 돼?"

"뭐?"

목소리에는 여전히 웃음기가 담겨 있었으나 하는 말은 거칠었다. 수현이 무슨 말인지 몰라 되묻자 그가 완전히 톤이

다운된 목소리로 툭 내뱉었다.

"보고 있으니까 열 받거든."

그 말에 정환이 자신들을 보고 있다는 것을 깨달은 수현이 그의 품에서 빠져나오려고 몸을 비틀었다.

하지만 이강욱이 누구던가. 무슨 일이든 제 마음대로 하고, 홀로 고고하게 세상을 살아가는 이였다. 그는 그녀를 놓아주는 대신 정환과 눈을 똑바로 마주했다.

눈빛에 담긴 것은 경고였다. 이 여자에게 다가오면 주먹을 날리든가 아니면 자신이 가진 위치를 이용해 철저히 망가뜨리겠다는 경고.

정환을 한참 바라보던 그가 입술을 비틀었다.

"안 되면 눈앞에서 치워 버리지, 뭐."

수현의 턱을 잡은 그가 다시 한 번 입술을 내렸다. 이번 키스는 방금 전보다 더 거칠고 파괴력을 가지고 있었다.

강욱은 심란한 얼굴로 집 안을 보았다. 그리고 이내 비난기가 역력한 목소리로 물었다.

"자취한 지 얼마나 됐어?"

"……대학 때부터 나와 살았으니 14년? 15년?"

"……."

사실은 남자보다 여자가 더 지저분한 생명체라더니 맞나 보다.

침대 위의 이불은 정리되지 않은 상태였고, 한쪽에 재활용

용으로 놓아 둔 박스에는 맥주 캔이 그득했다. 어떤 의미론 대단한 집이었다.

"나이는 콧구멍으로 먹었네."

심드렁하게 혼잣말을 내뱉은 강욱은 어색하게 굳어지는 수현의 표정에 속으로 웃음을 삼켰다. 서른넷의 여자에게 느끼기엔 이상한 감정이었으나 그녀가 귀엽게 보였다. 수현에겐 말할 수 없는 것이었지만.

그녀는 한참이고 강욱의 눈치를 보더니 우물쭈물 말을 내뱉었다.

"……비난은 거기까지만 해 줄래? 이사한 지 얼마 안 돼서……."

"당신이 전에 살던 집에 현재 내가 살고 있다는 건 잊은 모양이지?"

빼도 박도 못 할 말에 수현의 얼굴이 붉으락푸르락 변했다. 날씨는 차가운 겨울을 향해 내달리고 있었으나 그녀의 얼굴은 가을을 연상시키는 색채였다.

그가 팔짱까지 끼며 집을 본격적으로 둘러보자 뒤따르던 수현이 버럭 소리쳤다.

"그러게 너희 집으로 가자고 했잖아!"

"어디서 신경질이야. 인간도 덜 됐으면서."

그렇게 말한 강욱이 성큼성큼 부엌으로 향하는 것을 보며 수현이 눈을 질끈 감았다. 역시나 그녀의 예상대로 냉장고 문을 연 그가 서늘한 목소리로 말했다.

"영양실조로 안 죽은 게 신기하네."

"아침은 원래 안 먹고 점심, 저녁은 회사에서 해결하다 보니까……."

그녀의 말에 한숨을 내뱉은 강욱은 팔꿈치까지 셔츠를 걷어 올린 후 냉장고 안을 살피기 시작했다.

인간이 먹을 수 있는 거라곤 계란과 시원하게 보관되어 있는 캔 맥주뿐이었다.

회사에서 식사를 한다고 하더라도 과연 계란과 맥주로 사람이 생을 연명할 수 있을까? 거기다 아무리 일이 많다고 하더라도 주5일제였다.

주말에 이 여자는 도대체 뭘 먹고 사는 거야?

계란 몇 알을 꺼내 들고 냉장고 문을 닫은 그는 곧 발끝에 차이는 박스를 보며 그 의문에 대한 답을 찾았다. 자세히 보니 박스 안에는 캔과 함께 편의점에서 파는 도시락통이 가득 들어 있었다.

……환장할 여자네, 진짜.

"대충 집이나 치워. 당신 인생에 내가 기쁨 하나를 더해 줄 테니까."

그렇게 말한 강욱이 찬장을 열어 능숙하게 소금과 오목한 접시를 꺼냈다. 그의 모습을 멍하니 보던 수현은 강욱이 시킨 대로 대충 집을 치우기 시작했다.

소금이 거기에 있는지 어떻게 알았지?

본인조차도 까먹었던 걸 단박에 찾는 그가 신기하게만 느껴졌다.

그는 짧은 시간에 능숙하게 요리를 했다. 계란 하나로 만들어 내는 것은 세 가지나 되었다.

계란탕부터 시작해 계란말이, 베란다에서 싹이 트다 못해 넝쿨식물 본연의 모습으로 돌아가기 시작했던 고구마를 더한 샐러드까지.

식탁을 보던 시선이 강욱을 향했다.

뭐지? 이 집에서도 음식을 이렇게 많이 만들 수 있는 거였어?

3년 전에 산 밥통이 여전히 새것인 수현의 집에서 나오는 음식치고는 너무나 대단한 것들이었다.

"더 만들 수도 있는데, 그럼 입에서 닭똥 냄새 날 것 같아서."

"워, 더 할 수도 있다고? 능력자!"

정말 놀란 듯 수현이 엄지손가락을 척 들어 보였다. 팔랑팔랑 날아갈 듯 가벼운 표정으로.

그녀의 얼굴을 빤히 보던 그가 냉장고로 가 500ml 맥주 두 캔을 꺼내 식탁으로 돌아왔다. 자리에 앉은 그는 캔을 따 그녀의 앞으로 내밀어 준 뒤 자신의 것을 따며 심통 맞은 표정을 지었다.

"당신은 가벼워서 탈이야."

"내가? 설마."

그렇게 말한 수현은 맥주를 벌컥벌컥 들이켠 뒤 진심으로 기뻐하는 표정을 지었다.

캬, 맥주 맛 죽인다. 안주는 더더욱 죽이고!

그녀가 깔깔 웃음을 터뜨렸다.

턱을 괴고서 그녀의 얼굴을 보던 강욱이 읊조리듯 말했다.

"아니면 용감무쌍한 건가?"

"에?"

이해하지 못할 말에 수현이 눈을 동그랗게 떴다. 그 표정에 그가 입꼬리를 비틀어 웃었다.

"그렇게 웃지 말라고."

홀리니까.

뒤이어 나온 말에 수현이 서둘러 손을 들어 입술을 틀어막았다.

놀란 토끼 눈엔 앞에 있는 음탕한 남자가 또 무슨 짓을 할지 모른다는 생각이 담겨 있었다. 이러한 생각을 읽지 못할 그가 아니었지만 웬일인지 생글생글 웃으며 아무런 답도 하지 않는다.

가끔은 침묵이 그 어떠한 말보다 강력한 'Yes'가 된다는 사실이 문득 떠올랐다.

수현이 입술을 가리고 있던 손을 내리며 목을 뒤로 뺐다.

"다음부터는 키스할 때 상대에게 먼저 이야기부터 해. 너 그러다 콩밥 먹어."

"전 집 열쇠도 반납 안 한 누가 할 소리는 아닌 것 같은데?"

"……"

역시나 이 사람을 말로는 이길 수가 없다. 사회생활도 자신이 훨씬 선배였고 나이도 많았는데 말이다.

수현이 그를 흘겨본 뒤 다시 맥주를 벌컥벌컥 들이켰다. 그러자 이번엔 그도 술로 목을 축였다.

두 사람의 대화는 어느새 자연스럽게 회사 일로 넘어갔다.

"회사는 어때?"

"부하 모드로 말해 줘야 하나."

심드렁하게 말한 그가 손으로 식탁을 짚으며 얼굴을 그녀 가까이 들이댔다.

화들짝 놀라 목을 뒤로 빼는 수현의 모습을 뚫어져라 보던 그가 말 그대로 '신입 사원 모드'로 돌아가 답했다.

"가족 같은 회사죠."

"뭐?"

"적은 돈 주면서 막 부려 먹는다고."

콧방귀를 뀐 그가 맥주를 들이켰다. 이번엔 제법 많은 양을 마셨고, 캔이 훌쩍 가벼워졌다. 그의 말에 수현이 장난스럽게 눈을 반짝였다.

"너 정말, 그거 인사고과에 다 반영한다?"

"하려면 해 보시지?"

"윽……!"

그의 모습이 너무나 자신만만해서 수현은 작게 신음을 내뱉었다. 그러다 이내 번뜩 정신을 차린 것인지, 드라마에서 '넌 학생이고 난 선생이야!'를 외쳤던 모 배우처럼 진지한 표정과 어조로 말했다.

"넌 신입이고 난 널 평가하는 팀장이거든?"

"사적인 감정을 인사고과에 반영할 사람으론 보이지 않거든. 회사 일이 본인 일보다 중요한 사람 같기도 하고."

"……칭찬이지?"

한 템포 늦게 물음을 던진 수현의 눈동자에 긴장이 서렸다.

"뭐, 반반?"

"켁."

반반은 치킨에만 있는 거라고 외치려던 그녀가 입을 꾹 다물었다. 그렇게 외쳤다간 또 독을 가득 품은 혀가 독설을 쏟아 낼 것 같았기 때문이다.

새하얗게 질리도록 입술을 악문 그녀는 마지막 한 방울까지 들이켠 후 자리에서 일어났다.

맥주 캔은 자연스럽게 도시락통이 들어 있던 박스로 향하고 다른 손으론 냉장고 문을 연다.

맥주를 꺼내 다시 자리로 돌아오는 수현을 보며 그는 송골송골 물방울이 맺힌 맥주 캔을 손가락 끝으로 툭 쳤다.

"왜 나한테 듣는 칭찬이 기분 좋다고 했어?"

그의 물음이 의외였던지 그녀가 한참이고 눈을 깜빡였다. 그러다 이내 진지한 눈동자에 자신의 답도 그래야 할 것만 같아 머리를 팽팽 굴리기 시작했다.

"음, 넌 말이야. 사람을 깔보는 경향이 있거든."

"술 좀 들어갔다고 막말한다?"

"너한테 배운 거야, 이 역시."

그렇게 말한 수현은 맥주 캔을 따며 그의 눈초리를 피했다.

"뭐, 그게 뛰어난 스펙 때문일 수도 있고, 집이 잘살아서 그런 것일지도 모르겠는데. 음, 인간적으로 넌 겁이 없어 보여."

"누가 할 소릴."

"아니, 넌 조금 다른 것 같아."

수현이 짧게 고개를 내저은 후 말을 잇는다.

"일단 직장 생활 11년차에 3년차 팀장을 놀려 먹는 신입 사원은 없거든."

그녀는 촉이 섰다는 듯 고개를 끄덕였다. 확신에 가까운 모습에 그가 턱을 쓰다듬었다.

"이런, 눈치챘어?"

"뭘?"

"내가 놀려 먹고 있다는 거."

"……아, 너 한 대만 때리면 안 돼?"

손이 근질근질해, 미칠 것 같아!

버럭 소리친 수현은 손을 들어 손가락을 오므렸다가 펴길 반복했다. 장난치는 사람 특유의 오버스러운 행동이었으나 눈빛을 보니 진심도 어느 정도 섞여 있는 것 같았다.

그녀의 모습을 빤히 보던 강욱이 자리에서 벌떡 일어났다. 그리고 한 손으로 식탁을 짚어 무게 중심을 잡은 후 고개를 내려 곧장 수현의 입술에 진한 키스를 했다.

갑작스럽지만 부드럽게 들어오는 혀는 달콤한 꿀을 품고 있었다. 정말 그의 타액이 달게 느껴졌다.

눈을 감고 그가 주는 감각을 느끼던 수현은 자신의 혀를 강력하게 옭아매는 물컹한 감촉에 작게 신음을 뱉었다.

"으음."

작은 소리에 그의 손이 그녀의 새하얀 목덜미를 움켜쥐며 좀 더 깊숙이 혀를 밀어 넣었다.

사람에게도 녹는점이 있다는 것을 처음 알았다. 그 녹는점을 강욱으로 인해 느끼게 될 줄은 몰랐다. 키스 한 번에 정신이 날아가 버릴 것 같았고, 몸은 어느새 잘게 떨리고 있었다.

천천히 떨어지는 입술을 아쉬운 눈으로 보던 수현은 자신도 모르게 대담한 이야기를 해 버렸다.

"너 정말 키스 잘한다."

"마치 경험이 많은 사람처럼 이야기한다?"

수현의 목덜미를 더듬던 손은 어느새 그녀의 머리카락 끝을 매만지고 있었다. 구부정한 허리가 아플 법도 하건만 그는 그녀의 살결엔 손도 대지 않은 채 야릇한 감정만 일으키고 있었다.

"너 바람둥이지?"

그렇게 묻자 그의 입술 끝이 비틀렸다.

"왜, 바람둥이는 싫어?"

"질색해."

유일한 연애의 끝이 썩 좋지 못했다. 남자의 바람으로 인해

헤어지게 되었으니까. 아니, 애초에 바람 피운 상대가 자신이
었으니까.

연애를 하는 동안 그의 바람을 전혀 눈치채지 못한 자신의
둔감함을 처절하게 알게 된 그녀는, 그 후론 성실하고 바른
남자가 좋았다.

하지만 또래의 남자들은, 아니, 그녀의 주위에 있는 남자
들 중 그러한 사람은 없었다. 덕분에 연애는 엄두도 내지 못
했던 시간이었다.

그리고 눈앞에 있는 남자는 그런 주위의 남자들보다 더 위
험했고 저돌적이었다.

잘생긴 얼굴은 주변에서 가만히 내버려 두지 않을 것 같았
고, 신입 사원의 낮은 연봉은 조금 더 경력이 쌓이면 충분히
커버가 될 터이니 여자들이 침을 질질 흘릴 것이었다.

그녀의 얼굴이 굳어지자 강욱이 물었다.

"거짓말쟁이는?"

"왜? 내 질문에 거짓말하려고?"

"아니."

"거짓말쟁이도 싫어해."

그녀의 말에 그가 자리에 털썩 주저앉았다.

거짓말쟁이가 싫다라……. 그의 미간이 찌푸려졌다.

"왜?"

그녀의 물음에 강욱이 진중한 눈빛으로 물었다.

"우리는 서로 알아 가는 관계지?"

"물론."

수현이 고개를 끄덕이며 답하자 그가 팔짱을 끼며 작게 콧소리를 냈다. 흐응, 그 소리가 묘하게 그녀의 신경을 거슬리게 만들었다.

"그럼 하나만 더 묻자."

"뭔데?"

"돈 많은 남자 좋아?"

"흠……. 너무 과한 건 부담스러운데?"

그녀의 말에 강욱의 입술이 비틀렸다.

자신이 회사 오너의 아들이라는 걸 알게 되면 기함하겠군. 모든 일이 해결되고 그가 원래의 자리로 돌아갔을 땐 두 번 기함하게 될지도 모르겠다.

하지만 그는 탁월한 사업가였다. 가지고 싶은 건 어떻게 해서든 손에 넣을 수 있는.

"이를 어쩌나, 난 당신이 마음에 드는데."

"어?"

작은 목소리를 정확하게 듣지 못한 그녀가 다시 한 번 되물었다. 그러자 강욱은 가볍게 고개를 내저은 뒤 입가에 웃음을 내걸었다.

"난 가지고 싶은 건 무조건 가져야 직성이 풀리는 남자거든."

"그건 애야."

"알아."

비난에 가까운 말이었지만 그는 부정하지 않겠다는 듯 고개를 끄덕였다.

"하지만 철들 생각은 없어. 지금 이 생활에 아주 만족을 하거든."

그렇게 말한 강욱이 자리에서 일어났다. 앞으로 몇 발자국 걸어간 그는 고개를 숙여 그녀의 새하얀 목덜미에 입술을 지분거렸다.

뜨거운 입술에 거친 숨을 토해 내던 그녀는 순간 그의 입술이 닿은 곳이 따끔거리자 파르르 떨리는 손으로 그의 셔츠 자락을 붙잡았다.

그는 그녀의 목에 붉게 피어난 자국이 마음에 든다는 듯 바라본 뒤 쪽 소리를 내며 입을 맞췄다.

"그만 가야겠다."

"어?"

분위기는 잔뜩 잡아 놓고 가겠다고 말하자 수현이 멍하니 그를 올려다보았다. 그러자 그는 자신이 남긴 키스마크를 손가락 끝으로 쓰다듬었다.

"지금 하면 당신이 날 더 가볍게 볼 테니까."

"……."

"고정환 씨가 주말에 찾아오면 내 부적을 보여 주라고."

그가 장난스럽게 웃자 그제야 수현은 손을 들어 목덜미를 가렸다.

"너!"

"아주 진한 사랑을 나눈 것처럼 보이니까 그 남자도 찍 소리 못 하고 갈걸?"

그렇게 말하는 그는 정말 즐거워 보였다.

✤   ✤   ✤

퇴근 후 본가로 찾아간 강욱은 이 회장의 얼굴에 가득한 주름에서 세월의 흔적을 보았다.

참, 이 양반도 많이 늙었네.

"총괄사업부에 아무래도 문제가 있는 것 같습니다."

"무슨 말을 하고 싶은 거냐."

차갑게 굳어지는 얼굴을 본 그는 딱딱하게 굳히고 있던 입술에 부드러운 웃음을 머금었다. 그는 마치 사업 석상에 선 사업가처럼 이 회장을 대하고 있었다.

"횡령이 있을 수도 있다고요."

"그 일이라면 이미……."

이 회장의 말에 강욱은 단호하게 고개를 저었다.

"회사 덩치가 커지다 보면 만 원, 이만 원 빠져나가는 일까지 꼼꼼하게 챙길 여력이 없지요. 태용 건설 전 사장이 이 문제로 사퇴를 했다고 해도, 그 양반만 그랬다는 법은 없습니다."

"흠……."

그의 말에 일리가 있다고 생각한 것일까.

이 회장이 고민에 잠긴 얼굴로 턱을 쓸었다. 생각에 잠길 때면 으레 하는 습관이었다.

강욱은 그의 생각이 끝날 때까지 끈기 있게 기다렸고, 곧 원하던 물음이 나오자 천천히 입술을 달싹였다.

"얼마나 시간이 필요해?"

"한 달, 한 달이면 넉넉합니다."

그래, 김수현을 가지는 것도 한 달이면 충분하다.

chapter 4
시한부 연애

고민이라고는 엿 바꿔 먹으려고 해도 없던 삶을 살았다.

태어날 때부터 금 수저를 물고 태어났고, 초등학교 시절, 지금은 아버지와 완벽하게 다른 삶을 살고 있는 어머니와 함께 미국으로 건너간 이후 그곳에서 뛰어난 적응력을 보였다.

성인이 되고 일을 시작하면서부터 맡은 일들은 막힘없이 풀어 나갔고, 주위의 인정까지 받았다.

부족한 것이 없었고, 또래가 겪거나 고민해야 할 것들을 한 번도 하지 않은 삶.

그런 그의 삶에서 요즘 최대의 고민이라면 오늘도 눈길조차 주지 않은 채 일을 하느라 바쁜, 저 여자뿐이었다.

"김 주임, 길영 자재에 팩스 넣었어요?"

"네, 넣었습니다!"

수고했다고 말한 수현이 자리로 돌아가는 것을 보던 그가 심드렁한 표정을 지었다.

아, 뭘로 구워삶아야 하나.

그렇게 고민하던 그는 오늘도 아주 단순한 전산 정리 서류만 쌓여 있는 제 책상을 보았다.

빨리 처리하면 칼퇴근을 할 수 있을 것 같은데…….

공연 보러 갈까?

탁탁, 가볍게 보낸 메시지를 보며 그가 책상을 두드렸다. 지지부진한 기다림이 얼마나 이어졌을까. 맑은 소리와 함께 답장이 왔다.

야근.

이 여자를 진짜…….

고개를 들어 수현을 휙 노려보았지만 그녀는 어느새 또다시 책상에 놓인 서류를 내려다보고 있었다.

저렇게 일이 좋을까? 그에게 직업이란 단순히 삶을 윤택하게 만들어 주는 도구에 지나지 않았으나 수현은 마치 인생의 전부라도 되는 양 굴었다.

이런 닭장 같은 책상에서 벗어난 세상이 얼마나 넓은데…….

턱을 괸 그가 한숨을 내뱉었다.

연애는 어릴 때부터 했다. 첫 여자 친구가 열다섯 살 때 생겼으니 어쩜 또래보다 빠르게 시작된 것인지도 모른다. 그 뒤로도 그의 주위엔 많은 여자가 있었고 손만 뻗으면 쉽게 쥘 수 있었다.

그것이 사실은 개인의 매력이 아닌 자신의 배경에 한한 것이었을까. 그는 이제 와 뜬금없이 고민해 보았다.

그래, 김수현은 어쩌면 자신이 평사원이어서…….

그러나 그런 생각은 어느 순간 딱 멈췄다.

"흠……. 너무 과한 건 부담스러운데?"

돈 많은 남자가 좋냐는 물음에 수현은 그리 답했었다.

도대체 평범한 사람들은 연애를 어떻게 하는 것이지?

그는 자신이 입고 있는 싸구려 슈트를 내려다보며 한숨을 내뱉었다.

한 벌에 30만 원 정도 하는 슈트를 입는 남자들은 도대체 어떤 데이트를 하는 걸까? 그것도 무지 바쁜 여자랑!

한참이고 수현을 노려보던 그가 자리에서 벌떡 일어났다. 옆자리에 앉아 있는 김 주임에게 잠시 자리를 비우겠다고 말한 후 1층에 있는 카페로 내려갔다.

팀원들 수에 맞춰 커피를 주문한 그는 포스트잇과 볼펜을 빌려 짧은 코멘트를 적은 후 커피를 만드는 바리스타의 모습을 보았다.

배가 볼록하게 나온 남자는 솜씨 좋게 많은 양의 커피를 순식간에 만들어 내곤 캐리어에 차곡차곡 담았다. 그는 그중 하나에 포스트잇을 붙이고는 다시 사무실로 돌아왔다.

가장 먼저 수현의 자리로 간 강욱은 포스트잇이 붙은 커피를 건네며 웃었다.

"커피 드세요."

서글서글하게 웃는 그의 모습에 수현의 몸이 움찔 떨렸다.

"고마워요."

커피를 받아 든 그녀는 그제야 붙어 있던 포스트잇을 발견한 것인지 인상을 찌푸렸다.

10분 뒤에 비상구에서 봅시다.

그녀가 '무슨 일이야?'라는 시선으로 물었으나 강욱은 답 대신 다른 팀원들에게 웃으며 커피를 건넨 후 다시 자리에 앉았다.

째깍째깍, 빠르게 움직이는 초점을 바라보는 그의 눈빛이 음흉하게 빛났다. 드디어 약속한 10분이 흐르자 자리에서 벌떡 일어난 그는 그녀가 쉼 없이 보내오는 메시지는 무시한 채 비상구로 향했다.

두꺼운 철문을 열고 안에 아무도 없다는 것을 살핀 후에야 벽에 등을 기댄 채 수현을 기다리던 그는, 문이 열리고 그녀가 들어옴과 동시에 가느다란 팔목을 붙잡고 제 품으로 끌어당겼다.

"윽!"

놀란 그녀가 작게 비명을 내지르자, 강욱은 그 짧은 틈을 놓치지 않고 입을 맞추었다. 물컹한 혀가 수현의 입안을 파고들었고, 단단한 팔은 그녀의 허리를 감쌌다.

도망가지 못하도록 벽으로 밀어붙인 강욱은 그녀의 향내를 힘껏 들이마신 후 허벅지를 그녀의 다리 사이로 밀어 넣었다. 뜨거운 그의 하체에 놀란 듯 수현이 눈을 동그랗게 떴다.

"으음……."

살짝 벌어진 입술에서 신음이 흘러나왔다. 야릇한 소리는 오감을 자극함은 물론이고 상대의 몸까지 흐물흐물 늘어지게 만들었다.

하지만 그녀의 뺨을 감싸 쥐고 부드럽게 입술을 핥았다가 쪽 빨아들이는 사내의 입가엔 여유로운 웃음이 머물러 있었다.

늘 완벽하던 복장이 흐트러지고, 성이라곤 모를 것 같은 여자의 얼굴이 쾌감으로 일그러지는 것을 보는 일은 생각보다 짜릿했다.

커다란 손이 뺨에 달라붙은 머리카락을 떼어 낸 후 곧장 기다란 목을 쓰다듬는다.

"회사에선 제발……."

수현이 애원했다. 녹아내릴 것 같은 다리를 애써 꼿꼿하게 세우며.

하지만 무자비한 침략자처럼 입안을 거칠게 훑은 강욱은 그녀의 말을 입술로 틀어막았다. 그녀의 입술을 집어삼킨 선고운 입술이 개구쟁이처럼 휘어 있었다.

립스틱을 모두 먹고 그녀의 정신까지 집어삼키고 나서야 강욱은 천천히 입술을 뗐다. 그는 코끝이 닿을 정도로 가까운 거리에서 욕망이 그득한 목소리로 읊조렸다.

"그럼 퇴근 후에 나에게 시간을 내주든가."

"너 진짜, 제멋대로……."

'굴래?'라고 그녀가 뾰족하게 말을 내뱉기도 전이었다. 듣기 싫은 소리라는 듯 그가 다시 한 번 그녀의 입술을 집어삼켰다.

허리를 힘껏 감싸고, 다른 손으론 그녀의 겨드랑이 부분을 더듬으며 제 말에 굴복시키려는 듯 회유하고 유혹한다.

찌리릿—

하체에서 시작된 흥분이 척추를 타고 온몸으로 번져 나가자 그녀의 몸이 휘청거렸다. 하지만 커다란 손은 그녀를 너무나 손쉽게 잡아 곧추세워 주었고, 흔들림 없는 눈동자는 그녀가 도망가지 못하도록 만들었다.

혀를 빼내 그녀의 입술을 할짝거린 강욱이 물었다.

"그래서, 오늘 저녁은?"

"……하아."

거친 숨을 토해 낸 수현이 눈을 질끈 감으며 동그랗게 말아 쥔 주먹으로 그의 상체를 밀어냈다.

"알았어."

원하는 것을 얻어 낸 그가 입술 끝을 휘어 웃었다. 그리고 커다란 손으로 잘 세팅되어 있는 수현의 머리카락을 쓰다듬었다.

"착하다."

"……다음에 또 이러기만 해 봐."

차갑게 말을 내뱉은 수현은 그의 손을 떨쳐 낸 후 흐트러진 제 옷차림새를 가다듬었다. 그리고 자신을 바라보고 있는 강욱과 눈을 마주하며 한숨처럼 말했다.

"신입이 너무 오래 자리 비우면 안 좋아. 먼저 들어가."

"아, 김 팀장님부터 들어가시죠?"

"왜?"

같이 들어가면 괜한 오해라도 살까 봐 강욱에게 들어가라고 말한 수현은 먼저 들어가라는 말에 고개를 기울였다.

그러자 강욱은 작게 웃음을 내뱉으며 사리 분간 못 한 자신의 하체를 힐끗 바라보았다.

"기대감에 잔뜩 기분 좋은 애 좀 어떻게 해야 할 것 같아서."

"……진짜 저질."

터질 듯이 붉어진 얼굴로 수현이 이를 악물며 말했다.

어찌 그러지 않을 수가 있겠는가, 강욱의 남성은 그냥 딱 보기에도 빳빳하게 고개를 들고 있었는데!

제 위용을 자랑하는 남성을 힐끗 보던 수현이 고개를 돌리자 강욱이 한 걸음 다가와 그녀의 머리카락을 뒤로 넘긴 후 귀 밑에 짧게 입을 맞췄다.

쪽.

그 소리가 그녀의 귓가를 자극했다.

"이렇게 만든 게 누군데?"

"……."

그 물음에 수현은 아무런 말도 하지 못한 채 입술을 깨물었다.

✦   ✦   ✦

강욱과의 데이트는 심플했다. 한국 특유의 데이트 플랜을 철저히 따르는 그것은 특별할 것도, 야무질 것도 없었으나 그녀는 평일 퇴근 후 대부분의 시간을 그에게 할애하고 있었다.

아주 먼 곳에서 만나 식사를 한 후 차를 마신다. 늦은 시각에 마시는 커피는 부담스러워 전통 찻집을 찾아 몸을 따뜻하게 만든 후 근처에 있는 극장을 찾아 심야 영화를 봤다.

평범한 데이트였지만 그래서 이상했다. 굳이 남자 친구가 아니어도 할 수 있는 일이었는데, 왜 옆에 강욱이 앉아 있다는 것만으로 이렇게 설렐까.

수현은 자신의 손을 붙잡고 있는 커다란 손을 보다 고개를 들어 강욱을 보았다.

피가 튀고 주인공의 사지가 찢겨 나가는 장면이 나오고 있었으나 그는 눈 하나 깜짝하지 않고 있었다. 영화엔 집중을 하지 못하고 간간이 하품까지 했다.

재미없나……?

그 감정이 영화를 향한 것인지, 아니면 자신과의 데이트를 향한 것인지 몰라 수현은 잠시 미간을 찌푸렸다. 그리고 사이에 놓아둔 콜라를 꺼내 쪽 하고 빨아 마셨다.

만약 영화가 아닌 자신과의 만남을 지루해하는 거면 기분이 좋지 않을 것 같았다. 왠지 모르게.

다시 콜라를 원래 있던 자리에 놓아두던 수현과 강욱의 손끝이 스쳤다. 그는 수현과 눈이 마주치자 고개를 숙여 귓가에 속살거렸다.

"영화, 재미없지?"

그 말에 수현이 고개를 끄덕였다.

"평은 스릴 넘칠 거라고 하던데, 별로다."

주변 사람이 듣지 못하도록 작게 속삭인 수현은 그의 입술이 느른하게 벌어지는 것을 보며 침을 꼴딱 삼켰다.

요즘 들어 저 입술이 그녀의 입술을 찾는 일이 많아졌다. 그것도 그녀가 눈치채지 못하게, 소리 소문 없이. 바로 지금처럼.

자신의 입술에 닿는 강욱의 호흡에 수현의 눈이 스르르 감겼다. 누군가가 볼지도 모른다는 생각은 깡그리 잊은 채.

부드러운 터치는 달콤했다. 깊지도, 가볍지도 않은 입술이 이젠 익숙하게 느껴질 정도였다.

입술을 뗀 강욱이 속살거리는 소리를 듣기 위해 그녀가 귀를 기울였다.

"키스가 더 스릴 넘친다."

장난스러운 말에 수현은 아무런 대답도 하지 못하고 강욱의 모습만 올려다보았다.

오늘도 그는 멋있다. 특히 자신에게만 보여 주는 장난스러운 웃음은 그녀의 가슴을 설레게 만들기 충분했다. 이제야 그녀는 깨달을 수 있었다. 여직원들이 매일 그의 얼굴을 보며 깍깍거리는 이유를.

"그렇지?"

어둠 속에서도 빛나는 그의 눈동자에 수현이 피식, 작게 웃음을 내뱉었다.

"어."

짧은 답에 든든한 팔이 그녀의 어깨를 감쌌다. 그리고 향긋한 향내가 나는 커다란 품속으로 그녀의 몸을 끌어당겼다.

사람들 대부분이 짜릿하고 스릴 있다고 말한 영화보다, 그의 입맞춤이 더한 감정을 일으키게 했다는 사실을 깨달은 채 수현은 차창 밖을 보았다. 어느새 차는 자신의 오피스텔 앞에 멈춰 있었다.

핸들에 이마를 대며 자신을 올려다보는 강욱의 모습에 수현이 물었다.

"오늘도 안 들어가게?"

"어."

짧은 답에 순간 아쉬운 마음이 드는 것은 왜일까.

그녀는 알 것 같기도, 알 수 없을 것 같기도 한 감정에 혼란스러운 눈으로 그를 보았다. 하지만 강욱은 늘 그랬던 것처럼 가차 없이 말했다.

"들어가."

강욱이 팔을 뻗어 수현의 목을 쓰다듬자, 그녀의 뺨이 홍조를 머금었다. 왜 이렇게 부끄러운 마음이 드는 걸까.

요즘 그의 손길이 자신에게 닿을 때마다 알 수 없는 감정이 모락모락 올라와 머리를 혼란스럽게 만들었다. 그리고 알 수 없는 객기를 부리고 싶어진다.

"저……."

수현이 입술을 달싹이다 말고 다물었다. 오늘은 들어와서 차를 마시고 가는 게 어떠냐는 말을 하려고 할 때, 핸드백에 들어 있던 휴대전화가 요란한 소리를 내며 울렸다.

새벽 한 시, 누군가에게 연락이 오기엔 지나치게 늦은 시각이었다. 강욱 또한 그러한 생각을 하는 것인지 미간을 찌푸린다.

그녀가 휴대전화를 꺼내 액정을 확인한 후 어설프게 웃었다.

"간다."

수현이 전화를 받지 않은 채 차에서 내리자 그가 입술을 일그러뜨렸다.

"뭐야? 왜 눈치를 보고 그래?"

총총총, 걸음을 옮겨 오피스텔 로비로 들어선 수현은 그때까지 끈질기게 울려 대는 전화에 한숨을 내뱉었다. 하기 싫은 일을 억지로 하는 티가 역력한 얼굴로 전화를 받아 들었다.

"여보……."

말을 끝맺기도 전이었다.

상대는 잠시의 틈도 주지 않고 하고자 하는 말을 시작했다.

—언니, 나 임신했어.

짧았지만 그 말은 강력한 힘을 가지고 있었고, 여운은 상당했다. 수현은 걸음까지 우뚝 멈춘 채 숨을 들이켰다.

뭐? 임신?

예상 밖의 말에 눈이 동그랗게 변한 그녀가 외쳤다.

"추, 축하는 하겠는데 내년에나 가지겠다며?"

—글쎄, 이 인간이…… 아후! 말을 말자! 그래서 언니한테 부탁이 있어.

"무슨 부탁?"

엘리베이터 버튼을 누른 수현이 가벼운 어조로 물었다. 기껏 해 봐야 돈을 빌려 달라는 것이라 생각하며. 하지만 앙큼한 동생은 이번에도 전혀 예상치 못한 말을 내뱉었다.

—시댁에서 고양이는 죽어도 안 된대. 설득할 때까지 우리 순심이 좀 맡아 주면 안 될까?

"……."

수현이 아무런 말도 하지 않자 가현이 자신의 상황을 줄줄이 읊어 대기 시작했다. 하나뿐인 언니의 상황은 생각하지도 않은 채.

—지금까지 그것 때문에 종현이랑 피터지게 싸웠어! 그런데 절대 시댁 설득은 못 하시겠대!

종현은 가현의 오래된 남자 친구이자 얼마 전 남편으로 승격한 남자였다.

—탁묘를 보내고 싶었는데, 언니도 알잖아. 우리 순심이 인간 엄청 싫어하는 거. 나도 진짜 언니한테 이런 부탁까지 하고 싶진 않았다고.

"알잖아, 내가……."

—알아, 안다고! 하지만 어떻게 해! 내가 오죽하면 제 생명 연장이 인생의 큰 숙제인 인간한테 우리 순심이를 맡기겠냐고.

부탁을 한다는 계집애가 독설을 아끼지 않는다. 수현의 미간이 찌푸려졌다.

가현은 시댁에 허락을 구할 때까지만이라도 봐 달라며 사정사정을 했다. 그것은 수현이 집에 도착해 침대에 앉아 얼굴에 클렌징크림을 바를 때까지 이어졌다.

거울을 보며 목까지 부드럽게 마사지하듯 꼼꼼히 클렌징크림을 바르던 수현이 물었다.

"그게 언젠데?"

정확한 시기를 말해 달라는 어투에 조금 희망이 보인다 생각했는지 가현이 업이 된 목소리로 말했다.

─한 달. 그 이상은 나도 염치가 있어서 부탁 안 해.

"후……."

한숨이 터져 나왔다. 동생이 결혼하기 전까지 순심이와 함께 지내긴 했어도 홀로 돌보려고 하니 선뜻 그렇게 하겠노라, 라는 말이 나오질 않았다.

─언니, 제발~ 응? 응?

하지만 점점 커져 가는 동생의 앙탈에 결국 승낙할 수밖에 없었다.

"알았어."

─진짜지? 땡큐! 다음 주에 데리고 갈게! 고마워!

본론이 끝난 가현은 잘 부탁해, 라는 말만 남긴 채 전화를 끊었다.

끊긴 전화를 멍하니 보던 수현이 자리에서 일어났다.

다음 주에 동생이 오기 전, 엉망진창이 된 집을 깨끗이 치워 놓는 게 좋겠다는 생각을 하며 미지근한 물로 세안을 했다.

얼굴에서 화장기를 모두 지워 낸 수현이 거울 속 자신의 모습을 살폈다.

"피부 관리라도 받을까……."

피부는 나이를 고스란히 보여 주고 있었다. 매일 숨도 쉬지 못하고 갑갑한 화장 속에 파묻혀 살아야 하는 피부는 탄력이 없었고, 여기저기 주근깨처럼 올라온 기미도 보였다.

얼마 전까지만 해도 신경 쓰이지 않았던 것들이 오늘따라 유난히 눈에 거슬려 그녀는 한동안 거울 앞을 벗어나지 못하고 있었다.

스킨로션을 바르며 한참 뭐라도 하는 게 좋겠다는 생각을 할 때였다. 침대 위에 던져두었던 휴대전화가 울려 걸음을 옮겼다.

강욱에게서 온 연락인가?

웃음기 가득한 얼굴로 액정을 보던 수현의 얼굴이 창백하게 변했다.

새벽 두 시 감성을 조심하라고 누가 그랬던가.

〈이혼했어. 그래서 뮤에 들어갔던 거야. 혹시나 널 다시 만날 수 있지 않을까, 하고.〉

한참이고 메시지를 보던 수현이 들고 있던 휴대전화를 힘껏 던졌다.

와장창!

내던져진 휴대전화는 배터리가 분리되며 무지막지한 소리를 냈다.

✦　　✦　　✦

어딘가에 혼을 놓아두고 온 것처럼 수현은 하루 종일 멍했다.

평소 일에 있어선 실수 하나 없이 매끄럽게 처리하는 그녀였지만 오늘은 입에서 '미안해요'라는 말이 떠나지 않을 정도였다.

그 모습을 보고 있던 강욱은 점심시간이 되어 사무실 안이 텅 비자 자리에서 일어나 그녀에게 다가갔다. 그가 책상 곁에 섰음에도 수현은 여전히 눈치채지 못한 채 멍한 눈만 깜빡였다.

똑똑.

강욱이 가볍게 책상을 두드리자 아래로 향해 있던 그녀의 고개가 들린다.

"어? 왜?"

"식사 안 하십니까?"

"아아, 점심……. 별로 생각이 없네."

수현이 힘없이 웃자, 강욱의 미간이 찌푸려졌다. 그는 어제 헤어질 적 울렸던 휴대전화에 눈치를 보았던 그녀의 모습을 떠올리곤 물었다.

"무슨 일 있으십니까?"

"아니, 왜?"

"정말 아무 일도 없으십니까?"

시치미를 떼던 수현은 진중한 그의 눈빛에 한숨을 내뱉었다. 감이 좋은 남자였으니 더 이상 숨기는 것은 무리라 판단한 듯했다.

"조금 지치네."

무엇이 지치는지는 말하지 않았다. 주어가 빠진 말은 오해의 소지가 다분했기에 그가 다시 한 번 물으려고 할 때였다.

자리에서 일어난 수현은 그가 뭐라고 말하기도 전에 제가 할 말부터 꺼내 놓았다.

"나 잠시 외출할게. 찾으면 두 시까진 들어온다고 전해 줘."

수현은 자신의 자리에 붙어 있던 포스트잇을 강욱에게 보여 주며 말했다.

팀장님, 오늘 회식 있으니까 외부 미팅은 삼가 주세요!

동글동글한 글귀는 미연의 것이었다. 신입 사원 환영회를 잊지 말라며 신신당부하는 메모를 보던 그가 시선을 들어 수현의 얼굴을 보았다.

"어디 가십니까?"

수현이 휴대전화와 지갑을 챙겨 들다 말고 강욱을 보았다. 그는 자신의 표정을 꼼꼼히 살펴보고 있었다. 마치 무언가를 알아내려는 사람처럼.

"보다시피 휴대전화가 이 꼴이라서."

액정이 와장창 깨진 휴대전화를 보여 준 수현이 웃음을 흘린 후 걸음을 옮겼다.

그녀의 뒷모습을 보던 강욱의 미간이 찌푸려졌다.

"뭐지?"

왜 갑자기 수현이 거리를 두려는 것처럼 느껴질까.

그는 수현을 따라가려던 걸음을 힘껏 멈췄다.

쫓아가 그녀를 붙잡고 무슨 일이 있냐고 물어볼 수도 있었다. 하지만 그의 걸음은 앞으로 더 나가지 않았다. 지금 저 여자를 붙잡고 물어보았자, 답은 너무도 뻔했기에.

"아무 일도 없다고 말하겠지."

혼잣말을 읊조린 강욱이 미간을 찌푸리며 수현의 자리를 살폈다.

평소 정신없이 흐트러져 있던 책상 위는 웬일인지 깨끗하게 정리가 되어 있었다.

최신 휴대폰이 줄맞춰 놓여 있는 진열장에서 휴대전화를 고르는 일은 어렵지 않았다. 전자 기기를 다루는 것에 서툰 그녀는 원래 사용했던 기종을 그대로 구입했다. 문제는 그다음이었다.

번호를 바꿀까?

그녀는 20대가 되고 나서 단 한 번도 전화번호를 바꾼 적이 없었다. 아니, 바꾸지 못했다. 사회생활을 하는 사람들이라면 아무리 스팸 전화가 많이 오고, 받기 싫은 연락이 있어도 쉽게 번호를 바꾸지 못하니까.

거래처부터 시작해, 카드 회사에 일일이 번호를 수정하고 확인시켜 주는 일은 생각보다 번거로웠다.

한참 직원 앞에 서 있던 수현은 이번에도 역시나 그냥 기기 변경만 한 뒤 대리점을 나섰다.

"후."

머리카락을 간질이는 시원한 바람에 잠시 걸음을 멈추고 하늘을 올려다보던 그녀의 표정이 스산하게 변했다.

앞만 보고 무작정 달려온 시간이 파노라마처럼 펼쳐졌다 사라지길 반복하자 그녀의 입가에 씁쓸한 웃음이 머금어졌다.

"귀찮네, 정말."

일을 제외한 모든 것에 대충대충, 설렁설렁. 인생의 모토가 그러했던 지난날이 왜 이제 와 후회되는 것일까.

이런 날 전화해서 제 속에 있는 것들을 시원하게 토해 낼 친구 하나 없다는 사실이 조금 우울해졌다.

한동안 그렇게 서 있던 수현은 사무실로 돌아가 봐야 한다는 생각에 걸음을 옮겼다. 표정은 어느새 갈무리되어, 평소와 다름없이 돌아와 있었다.

로비를 지키는 경비 아저씨에게 힘차게 인사를 건넨 그녀는 사무실로 들어와 직원들에게도 점심 잘 먹었냐고 묻고 자리에 앉았다.

책상 위엔 미연의 글씨로 보이는 포스트잇 하나가 붙어 있었다.

뮤 디자인에서 연락 왔습니다.

뮤 디자인…….

네 글자가 주는 충격은 상당했다. 차가운 바람을 한참이나 맞으며 다스렸던 모든 것들이 깨지고 부서지는 기분이 들었다.

수현은 말없이 포스트잇을 바라보다가 힘껏 구겨 쓰레기통에 처넣었다. 그리고 전화를 들었다.

"태용 건설 김수현 팀장입니다."

—아, 고정환 팀장님께서 연락하셨나 보네요. 연결해 드릴게요.

사근사근한 여직원의 목소리와 함께 내선 통화 연결 소리가 들렸다. 그사이 수현은 숨을 고르며 최대한 감정을 추스르기 위해 노력했다. 그의 목소리를 듣자마자 비명을 내지르지 않기 위해.

—고정환 팀장입니다.

보통의 남자들보다 조금 낮고 부드러운 목소리에 수현은 침을 꼴깍 삼켰다.

예전, 아직은 설익고 어렸던 시절, 그녀는 이 목소리가 자신의 이름을 불러 줄 때 가장 행복했었다. 너무나 순진하게도.

"태용 건설 김수현 팀장입니다. 연락 주셨다고요."

사무적인 목소리로 겨우 말을 내뱉은 그녀는 곧이어 들려오는 정환의 목소리에 종잇장처럼 얼굴을 일그러뜨렸다.

—잠시만, 다시 연락 줄게.

"공적인 일입니까?"

—…….

"그게 아니라면 연락하지 마세요."

날카로운 목소리에 몇몇 시선이 모여드는 것이 느껴졌다. 최대한 추스르고 추스르려 해 보아도 되지가 않았다, 이놈의 망할 감정이.

—연락 기다렸어, 너에게 사과하고 싶어서.

그녀는 강욱의 집요한 시선이 자신에게 향해 있다는 것도 모른 채 입술을 깨물었다.

"이제 와서요? 됐으니까 연락하지 마세요. 뮤 디자인 쪽 일은 정미연 대리에게 일임하겠습니다."

그가 답하기도 전에 빠르게 말을 내뱉은 그녀가 전화를 끊었다. 그리고 자리에서 벌떡 일어나 서둘러 사무실을 빠져나갔다.

"무슨 일이래?"

"몰라. 팀장님 왜 저러시지?"

뒤에서 들려오는 말에 도망치듯이.

화장실로 향한 그녀는 화장을 했다는 것도 인지하지 못한 채 차가운 물로 얼굴을 씻었다.

마스카라가 번지고 눈매를 또렷하게 만들어 주던 아이라인도 지워졌지만 그녀는 상관하지 않은 채 연신 물을 끼얹었다.

소매와 앞섶이 물에 푹 젖고 나서야 수현은 고개를 들어 거울을 보았다. 그리고 한참 동안 마인드 컨트롤을 하듯 거울 속 자신의 모습을 보았다.

흔들리는 눈동자를 보던 그녀가 입가에 미소를 머금었다.

"생각났다."

왜 지독한 이별 후에 그녀가 연애를 하지 않게 되었는지. 왜 일에만 매달렸는지. 모두 떠올랐다. 한동안 잊고 지냈던 기억들이.

옆에 있던 티슈를 뽑아 얼굴을 닦으며 밖으로 나온 수현은 자신의 팔을 잡아당기는 손에 깜짝 놀라 눈을 동그랗게 떴다. 팔을 잡아당긴 사람은 강욱이었다.

"뭐, 뭐하는……."

"조용히 하고 따라와."

그는 무지막지한 손길로 팔을 잡은 채 비상구를 향해 걸어가고 있었다. 그들을 이상한 눈으로 보는 사람들의 시선도 개의치 않은 채.

탕!

거칠게 문이 닫히는 소리와 함께 등에 차가운 기운과 아픔이 느껴졌다. 얼굴을 구긴 수현은 고개를 한껏 들어 이게 무슨 짓이냐고 소리치려다 말고 입을 다물었다.

남자의 눈동자에서 분노가 보였다. 무시무시한 그 분노는 당장이라도 자신을 태울 것처럼 강렬했다.

한참이고 수현을 노려보던 그가 입술을 비틀며 읊조렸다.

"내가 너무 자신만만했나 보네."

"뭐가?"

수현은 지지 않고 말했으나 당당하게 치켜 올렸던 고개를 서서히 내렸고, 시선을 사선으로 비껴 내렸다. 남자의 눈을 마주하고 있을 수가 없었다.

꼬리를 내리는 모습에 강욱은 붙잡고 있던 가느다란 팔목을 놓은 뒤 수현의 고개를 잡아 위로 올렸다. 불안함을 머금은 눈동자는 떨리고 있었다.

그는 속에서 욕지기가 올라오려는 것을 겨우 억눌러 참았다.

"마음을 비우지도 않았는데 비집고 들어갈 틈이 있을 리가 없지."

그렇게 말한 강욱이 물었다.

"아직도 좋아해, 그 남자를?"

"……뭐? 그럴 리가 없잖아."

힘주어 겨우 말을 내뱉은 수현이 고개를 흔들어 그의 손길을 털어 냈다. 그리고 단단한 가슴을 뒤로 힘껏 밀어 그에게서 도망쳤다.

강욱은 늘 자신을 긴장하게 만들었고 불편하게 했다.

첫 만남 때문에 그런 것일 수도 있고, 혹은 지금처럼 앞뒤 가리지 않고 자신을 밀어붙여 그런 것일 수도 있었다.

이유야 어찌 되었든 간에 강욱은 늘 자신만만한 눈으로 자신을 바라보았다. 자신은 늘 지금처럼 주눅들어 있고.

"좋아하긴커녕 너무 화가 나. 뻔뻔하게 나한테 연락하는 그 남자가. 내가 받은 상처 따윈 모르는 그 사람이, 날 엄청 화나게 해."

강욱은 어디 한번 계속 말해 보라는 듯이 그녀를 내려다보았다. 마치 자신을 한참 아래로 보는 듯한 눈빛에 수현의 가습이 크게 들썩였다.

"그 남자를 여전히 좋아하냐는 네 질문이 무척 화가 나. 알잖아, 무슨 일이 있었는지."

거칠게 머리를 쓸어 올린 수현은 몸을 옆으로 비틀었다. 그리고 곁에서 속살거리는 그의 모습에 눈을 깜빡였다.

"지금이라면 다 들어 줄 수 있는데. 알지? 현재 만나고 있는 사람한테 과거를 이야기하는 건 실례라는 거. 그런데 지금은 들어 줄게."

"도대체 뭘? 나, 할 이야기 없어."

"단순히 연애를 하다 헤어진 것 같지는 않아서. 아무리 연애 바보라 하더라도 시간이 흐르면 과거의 감정을 잊거든. 근데 당신은 아닌 것 같아."

그의 말에 수현의 눈망울이 흔들렸다.

"다른 이유 있지?"

"그걸 내가 왜 너에게 말해야 하니?"

"특별한 사이니까."

딱 잘라 하는 말에 수현의 눈동자가 커졌다.

"뭐?"

"난 감정의 찌꺼기가 어떤 건지도 모르고 다른 사람을 생각하는 사람과는 연애 안 하거든."

"마치 이야기 안 해 주면 네 마음이 변할 것처럼 말한다?"

그녀의 물음에 강욱은 답하지 않았다. 그 모습은 어떠한 긍정의 말보다 더 강력한 힘을 가지고 있었다.

망설이던 수현의 입술이 몇 번이고 붕어처럼 뻐끔거리다 이내 말을 내뱉었다.

"임신했었어. 나와 동시에 만났던 여자가."

"허⋯⋯."

예상보다 강력한 이유에 그의 입이 떡 벌어졌다. 처음 보는 당황하는 모습에 수현의 입술에 미소가 머물렀다.

강력한 멘탈을 가진 이 남자조차 놀라게 만드는 이유라니. 자신이 꽤나 지독하게 차였다는 것이 또 한 번 실감이 났다.

"단순한 남자 친구가 아니었거든. 연인이자 친구였는데, 한꺼번에 잃으니까 정신을 못 차렸었어."

마음을 터놓을 사람 하나 만들지 못했다. 그리고 정환을 만나기 시작하면서는 그 사람을 연인이자 친구로 곁에 두었다. 고민이 있으면 그 사람에게 모두 상담했고 답을 구했다. 그런 그가 갑자기 사라져 버린 것이다.

그때의 자신은 어땠던가.

일이 손에 잡히지 않았고 매일 술을 마셨다. 한동안 그런 생활을 쳇바퀴 돌듯 했다.

"그렇게 비참하게 차 놓고서 이제 와서 연락하는 저의는 뭘까, 내가 그렇게 만만한가. 그런 생각이 드니까 미치겠더라고. 자존심이 상해서."

"한마디 해도 돼?"

수현은 순간 멍하니 그를 올려다보았다.

까칠한 성격의 그에게서 힐난이 날아들 것 같았다. 심장이 갑자기 미친 듯이 내달리기 시작했다. 역시나 그의 입에선 예상했던 것과 별반 다르지 않은 말이 흘러나왔다.

"그 남자가 다시 돌아왔다고 이렇게 흔들리는 네 모습 보니까 멍청해. 불쌍하다는 말밖에 안 나온다."

"내가 생각해도 그래. 나 지금 무지 비참하고……."

그녀가 미처 말을 끝맺기도 전이었다.

"이렇게 멋있는 남자를 곁에 두고도 이상한 생각을 하는 네가 불쌍하고 멍청해 보인다고."

그의 말에 지금껏 묵직한 돌이 얹어져 있던 것 같은 가슴이 한결 가벼워진 느낌이 들었다. 왜 그런 것인지는 몰랐으나 반짝이는 눈망울과 자신만만한 웃음을 보니 그러했다.

장난스럽게 말하는 그를 보며 수현 역시 기운이 빠진다는 듯 웃었다.

"너무 자신감이 넘치는 것 아니야?"

어찌 그리 세상을 당당하게 살 수 있는 것이냐고.

이런 유형의 사람은 처음이었기에 진심으로 궁금해 물은 것이었다. 그러자 그는 답 대신 물음을 던졌다.

"조언 하나 해 줄까?"

천천히 고개를 끄덕인 그녀가 다음 말을 기다렸다.

"장난스러운 만남 따위는 안 하는 남자가 있을 땐 뒤도 안 돌아보고 품에 뛰어드는 게 좋을 거야."

그렇게 말하며 자신을 향해 손을 내미는 강욱을 그녀가 멍하니 바라보았다.

🌿

뭐?

그녀의 눈이 동그랗게 변했다.

"지금도 가벼워 보여?"

"⋯⋯."

"난 내일은 생각 안 해. 지금 당장 당신한테 호감이 가고, 좋아하니까 이렇게 하는 거야. 다른 사람들처럼 이 사람과 만나면 어떨지 재고 계산하고, 그런 것 못 해."

수현이 아무 말도 하지 못하고 손을 내려다보자 강욱이 다시 한 번 힘주어 말했다.

"그리고 난 당신이 생각하는 것보다 그렇게 참을성이 많은 남자가 아니야. 더군다나 그런 남자 때문에 망설이는 당신을 보면 내가 무척 자존심이 상하거든?"

강욱은 어서 자신의 손을 붙잡으라며 허공에서 흔들었다.

저 손을 잡으면 어떻게 되는 걸까?

사람에게 마음을 줬다가 지독한 이별을 맛보았던 수현은 쉽사리 그의 손을 잡지 못했다.

하지만 마음은 움직인다. 천천히, 조금씩.

"잡아."

강요가 뒤섞인 말을 듣자 그녀는 자신도 모르게 걸음을 옮겨 커다란 손을 붙잡았다.

힘 있게 잡아당겨지는 손에 딸려 그의 품속으로 들어간 수현은 정수리에서 속살거리는 강욱의 목소리에 눈을 감았다.

"주말에 데이트할까?"

"영화 보자고?"

그 말에 후후, 웃음이 그녀의 머리카락을 흩뜨렸다. 든든한 팔이 가느다란 허리를 붙잡는다.

"아니, 이젠 내 방식대로 하려고."

그는 어딘가 홀가분해 보였다.

거울에 비친 눈두덩을 한참이나 보던 수현은 밖에서 들려오는 목소리에 서둘러 세수를 하고선 밖으로 나갔다. 그러자 그녀의 부탁대로 가방에서 파우치를 가지고 나온 그가 삐딱하게 서 있었다.

"예전엔 화장실 앞에서 여자 기다리는 남자들이 제일 멍청해 보였는데."

그가 심드렁한 표정으로 파우치를 건네자 수현은 어디 한번 계속 이야기해 보라는 듯 고개를 끄덕였다.

"썩 나쁘지 않네."

입꼬리를 올리며 웃는 모습을 멍하니 보던 수현이 물기로 축축하게 젖은 머리카락을 쓸어 올렸다.

왜 이 남자가 자신을 보며 웃어 주는 이 상황에 발가락이 오므라들고 아랫배가 간질간질해지는 것일까.

눈을 연신 깜빡이던 수현은 자신의 머리카락에 닿는 커다란 손에 눈을 감았다.

"얼른 하고 나와. 먼저 회식 장소로 가 있겠대."

"알았어."

오늘은 강욱의 환영회가 있는 날이었다. 오지 않는 그녀를 기다리다 못 한 팀원들이 예약 시간 때문에 먼저 가겠다고 한 것이 한 시간 전이었다.

고개를 끄덕인 수현이 파우치를 들고 다시 화장실로 들어가려고 하자 뒤에서 그의 목소리가 들려왔다.

"근데 화장으로 되겠어?"

"돼."

나의 화장술을 무시하지 말라고. 그녀가 웃으며 쿡 찌르면 터질 것 같은 눈두덩을 손바닥으로 꾹 눌렀다. 그 모습에 강욱이 피식, 작게 웃음을 흘렸다.

"눈이 퉁퉁 붓긴 했지만 맨 얼굴이 더 예쁜데."

다소 건방진 웃음이긴 했으나 가슴이 속절없이 떨리는 것은 어쩔 수가 없었다. 세상사람 모두를 기죽일 만큼 멋진 마스크인데 웃음의 종류가 무슨 의미가 있단 말인가.

비틀린 그의 입꼬리를 멀뚱히 보던 수현은 그와 비슷한 웃음을 지었다.

"가끔 너 무시무시한 작업 멘트를 날리더라?"

서른넷에 어떻게 화장한 얼굴보다 맨 얼굴이 예쁘겠는가. 화장을 하는 것이 예의인 나이인데.

하지만 강욱은 진심이라는 듯 웃었다. 그 모습에 수현은 입술을 깨물며 서둘러 화장실 안으로 뛰어 들어갔다.

왁자지껄한 고깃집 안은 둘만 왔을 때와 마찬가지로 오늘도 도떼기시장이었다.

구석에서 벌써 거나하게 취한 팀원들에게 다가가기 전, 수현은 자신의 손을 붙잡고 있던 커다란 손을 떼어 내며 속살거렸다.

"티 내지 마."

"뭘?"

그가 아무것도 모르겠다는 듯 묻자 수현의 미간이 와자작 찌푸려졌다.

정말 모르는 거야, 아니면 알면서도 모르는 척하는 거야? 수현은 전자에 무게를 두며 그의 얼굴을 쏘아보았다.

"그 어떠한 폭탄도 던지지 말라고."

"아아, 우리 사이?"

능글맞게 웃는 그의 모습을 다시 한 번 쏘아본 수현이 먼저 걸음을 옮겨 팀원들에게 다가갔다. 가까이 다가가자 한켠에 잔뜩 쌓여 있는 소주병들이 눈에 보였다.

"어? 팀장님!"

가장 먼저 수현을 발견한 것은 김 주임이었다. 핑크빛으로 변한 뺨을 불안한 눈으로 보던 수현은 미연의 곁에 자리 잡으며 말했다.

"벌써 한잔들 했네? 끝내야 할 분위기잖아."

"그럴 리가 있나요, 오늘은 회사 카드로 마실 수 있는 날인데!"

술기운이 잔뜩 오른 미연이 언성을 높였다.

"거기에다 오늘은 불태워야 하는 불금이라고요!"

"알았어, 알았으니까 걱정 말고 실컷 먹어."

"진짜죠? 진짜죠? 팀장님, 그럼 한 잔 받으세요."

미연이 소주병을 들며 수현의 앞에 놓인 빈 잔을 채워 주려고 했다. 하지만 김수현이 누구던가. 능숙하게 자신의 맞은편에 앉은 강욱을 보며 웃었다.

"오늘은 이강욱 씨 환영회잖아. 이강욱 씨 술잔부터 채워 줘야 하지 않나?"

"아, 맞다! 그럼 첫 잔은 팀장님이 채워 주세요."

미연이 쥐여 준 술병을 앞으로 내민 수현은 양손으로 잔을 받쳐 드는 그의 모습에 속으로 웃음을 삼켰다.

"앞으로 잘 부탁해요. 워낙 정신없는 부서라 힘들긴 하겠지만."

말을 이으면서 술병을 기울여 그의 잔을 채우던 수현은 술이 조금 넘치자 옆에서 들려오는 호들갑에 장난스럽게 웃었다.

"오오, 팀장님, 사랑이 넘치시네요!"

"그러게."

수현은 어서 마시지 않고 뭐하냐는 듯이 강욱을 보았다. 그는 젖은 손을 두어 번 털어 내더니 술잔을 기울여 알코올을 입안으로 모두 삼켰다.

"오우, 강욱 씨 술 잘 마시네?"

미연이 눈을 동그랗게 뜨며 물음을 던졌다. 그리고 그의 답이 들려오기도 전에 재잘재잘 이야기를 늘어놓았다.

"얼굴 잘생겨, 키 커, 공부 잘했어, 일도 잘해, 거기에다가 술까지 잘 마신다고? 우와, 이강욱 씨, 우리 회사 여직원들이 침을 더 흘리겠어."

원색적인 말에도 강욱은 속을 알 수 없는 웃음을 지으며 작게 고개를 저었다.

"과한 칭찬이십니다."

"과한 칭찬이긴. 그럼 내 잔도 받을래요?"

"네, 주십시오."

그렇게 직원들은 한 잔, 두 잔 술을 나누며 회사에서 쌓인 스트레스를 풀어냈다. 입에서 술 냄새가 폴폴 나고 옷에 고기 냄새가 진득하게 밸 정도로.

비워 간 술잔만큼이나 늘어나는 병들이 이젠 제법 위협적으로 느껴질 때였다.

다른 직원들의 자세가 하나둘 흐트러지는 것과 달리 멀쩡한 얼굴로 수현을 노려보고 있던 강욱은 어깨를 들썩이는 모습을 보며 속으로 웃음을 삼켰다.

자신이 마실 일이 생기면 능숙하게 그 술을 강욱 쪽으로 돌리는 솜씨가 하루 이틀 해 본 것이 아니었다. 거친 건설업계에서 그 자리까지 올라가며 터득한 기술에 감탄이 나올 정도였다.

그때 반쯤 고개를 숙이고 있던 미연이 눈을 마주하고 있는 강욱과 수현을 보며 물었다.

"그런데 무슨 사이예요, 두 사람? 분위기는 마치 옛날부터 알고 있던 것 같은데."

"뭐?"

깜짝 놀란 수현이 눈을 동그랗게 뜨며 물었다. 그러자 미연은 옛 기억을 떠올리듯 허공을 바라보며 눈알을 데굴데굴 굴려 댔다.

"처음 왔을 때부터 그랬잖아요."

강욱의 입꼬리가 장난스럽게 치켜 올라갔다. 그 모습을 수현이 불안한 눈초리로 바라보았다.

"입 맞췄던 사입니다."

"에엑? 정말이요?"

"같은 침대에서 눈을 뜨기도 했고요."

"……이강욱 씨!"

벼락처럼 소리 친 수현이 핏기가 가신 얼굴로 그를 바라볼 때였다.

"아항, 그렇구나."

그게 무슨 대수냐는 듯 고개를 끄덕인 미연이 테이블 위에 이마를 박고 잠든 것은. 수현은 초토화가 된 술자리를 보며 숨을 허덕거렸다.

"뭐야?"

"툭 건들면 잠들 것 같더라고."

"이, 이게 진짜! 그러다가 내일 기억하기라도 하면……."

"내기할까? 필름이 끊겼는지, 아닌지. 뭐, 난 어느 쪽이든 상관없지만."

"안 해!"

후자의 사태는 생각하고 싶지도 않다는 듯이 수현이 버럭 소리쳤다. 하지만 강욱은 눈 하나 깜짝하지 않은 표정으로 그녀를 올려다보며 빙그레 웃었다.

"자, 그럼 정리할까?"

끝까지 여유로운 표정을 보자 그녀는 순간 할 말을 잃고 말았다.

⁂

열흘이나 지났다. 처음 회사 복도에서 키스를 나눈 후 수현에게 이제 특별한 사람이 되었냐고 물었던 것이. 애타는 그의 마음과는 상관없이 시간은 그렇게 속절없이 흘렀다.

커다란 원목 책상 앞에서 서류를 보던 그는 멍하니 생각했다.

열흘 동안 도대체 무엇을 했나, 하고.

가벼운 연애를 지향했던 것은 아니었다. 그저 좋은 감정이 들었으니 수현에게 만나자고 말을 했고, 열 받게 만드는 사람이 있어 화를 냈을 뿐이었다.

좋은 감정이 유지될 때까진 서로 나쁘지 않게 만나면 된다. 그렇게 속편한 마음을 먹고 있던 그는 오늘 사무실에서 보았던 수현의 모습을 떠올리며 종잇장처럼 얼굴을 찌푸렸다.

"어른 맞아?"

누군가에겐 한 번의 연애가 무거울 수 있었으나 수현은 지나친 감이 있었다. 이별 후에 찾아오는 감정 소비로 인해 더이상 그 누구도 만나고 싶지 않다는 말을 들었을 땐 멍청한 여자의 머리라도 한 대 쥐어박고 싶었다.

"그런 사람이 뭐가 좋다고."

미련 대신 아직도 화를 가득 담고 있는 가슴은 그 누구도 받아들이지 못하고 있었다. 불신으로 가득했으니 아무리 좋은 사람이 있어도 받아들일 수 있을 턱이 없었다.

책상 가득 쌓인 서류들을 살피고 있던 강욱은 도통 일에 집중을 하지 못하고 자리에서 일어났다. 집중이 되지 않을 땐 손을 떼는 게 더 효율적이었다. 붙잡고 늘어져 봤자 될 일도 되지 않을 테니까.

냉장고에서 생수를 꺼낸 그는 시원하게 물을 들이켜며 벽에 걸려 있던 시계를 확인했다. 내일은 아침 일찍 수현의 집으로 가야 했으니 이만 잠자리에 드는 것이 좋겠다는 생각을 하며 침실로 걸음을 옮겼다.

딩동—

초인종 소리에 그가 현관문을 바라보았다.

"뭐지?"

시계가 새벽 두 시를 가리키는 시각에 온 방문자라.

미간을 찌푸린 그는 문을 여는 대신 화면으로 상대를 확인했다. 방문객은 남자였다. 그것도 강욱이 익히 알고 있는.

─수현아, 문 좀 열어 줄래?

　인사불성이 된 남자의 모습에 그가 미간을 찌푸렸다.

　고정환, 그 남자였다. 한 번도 불타오른 적이 없었던 강욱의 마음에 불을 지핀 남자.

　"나 진짜, 이 여자 불쌍해서 안 되겠네."

　웃음기가 역력한 목소리로 기가 차다는 듯이 말한 그는 한참 화면을 보다 말고 입고 있던 셔츠를 벗어 던졌다. 그리고 손을 들어 가지런히 정리되어 있던 머리카락을 흩뜨린 뒤 문을 열었다.

　그의 등장에 정환은 많이 놀란 듯 자리에서 비틀거렸다.

　속으로 웃음을 들이켠 강욱은 술 냄새가 진동하는 한심한 남자를 보며 물었다.

　"누구세요?"

　"아……."

　무슨 말을 해야 할지 모르겠다는 듯이 정환은 한참이고 망설였다. 그러다 현관 앞에 붙어 있는 호수를 다시 한 번 확인한 후 물었다.

　"여기 김수현 씨 집……."

　"맞는데 그쪽은 누구시죠? 수현이 지금 자는데."

　능청스러운 말에 정환이 입을 굳게 다물었다. 그는 무슨 말을 해야 할지 모르겠다는 듯 한동안 강욱의 얼굴을 올려다보았다.

　이 남자의 어디가 좋았던 걸까. 남자의 얼굴을 찬찬히 살피던 강욱은 찬바람에 오소소 소름이 돋는 것을 느끼며 입가에 조소를 머금었다.

"아, 당신이군요? 최근에 다시 연락이 왔다던 그 남자."

"네? 수현이가 제 이야길……."

"계속 연락이 와서 어떻게 해야 할지 모르겠다고 하더군요, 고정환 팀장님."

그의 말에 정환의 입이 벌어졌다. 그제야 미팅룸에서 강욱을 만났던 일이 떠오른 듯했다. 하지만 강욱은 거기서 멈추지 않았다.

"경고합니다. 다시는 수현이에게 연락하지 마세요. 다시 연락하면 당신을 어떻게 할지, 나 자신도 모르겠으니까."

이건 진심이었다. 그도 궁금해지는 찰나였으니까.

별말 없이 허리를 숙여 인사를 한 후 비척비척 걸음을 옮기는 남자의 모습을 보던 강욱이 문을 닫았다. 그리고 짜증스레 머리를 쓸어 올렸다.

"왜 이렇게 짜증이 나는 거지?"

스스로에게 물은 강욱은 입술을 짓이기다 말고 곧 바닥에 던져두었던 셔츠를 입으며 걸음을 옮겼다. 그리고 문을 열고 빠르게 밖으로 나가 엘리베이터 앞에 서 있는 정환에게 달려갔다.

"뭡니까?"

어깨를 붙잡는 손길에 정환이 짜증스레 물었다. 조금 전 경고에 그는 정신이 돌아온 모습이었다. 짜증에 머리가 돌아 버린 강욱과는 달리.

뻔뻔한 모습에 강욱은 있는 힘껏 주먹을 휘둘러 그의 명치를 쳤다. 순간 몸이 폴더처럼 구겨졌다.

"컥!"

"내가 정말 주먹이 앞서는 남잔 아닌데."

고통에 찬 정환의 모습을 심드렁한 얼굴로 내려다보던 강욱이 한껏 시선을 내리깔며 읊조렸다.

"화가 나서 참을 수가 있어야지."

"다, 당신 뭐……."

고개만 든 정환이 눈살을 찌푸렸다.

이 남자를 보니 수현은 물론이고, 임신을 했다던 그 아내와 아이 모두 불쌍해졌다. 연민이란 감정을 쉽사리 느끼는 성격이 아님에도 불구하고.

정환이 허리를 곧게 펴는 것을 본 강욱이 삐뚜름하게 웃으며 말했다.

"뭐긴 뭡니까? 김수현 남자지."

뒤돌아선 강욱은 뒤에서 느껴지는 따가운 시선에 손을 들어 머리를 쓸어 올렸다. 그의 마음에 질투란 감정이 조금씩 조금씩 쌓여 가고 있었다.

"분리수거 시킨 대가는 치르게 만들어야지."

물론, 평생 질투란 것을 해 보지 못한 그는 몰랐지만.

✤　　　✤　　　✤

주말, 특히나 토요일은 수현에게 있어서 중요한 날이었다. 토요일을 어찌 보내냐에 따라 일주일 컨디션이 정해질 정도이니.

그녀는 오늘도 침대에서 벗어나지 않은 채 열 시가 넘어가는 시각까지 곤히 잠들어 있었다.

딩동—

초인종 소리가 울렸지만 여전히 수현은 꼼짝도 하지 않았다. 아무런 반응이 없자 상대가 신경질적으로 초인종을 눌렀다.

딩동딩동—

"으음……."

몸을 뒤척인 수현은 잠기운이 가득한 눈을 깜빡였다. 그러다 곧 문을 차 대는 소리에 벌떡 상체를 일으켰다.

쾅쾅!

"김수현!"

화가 가득한 목소리에 그녀는 거울을 볼 생각도 하지 못한 채 현관으로 후다닥 달려갔다. 문을 열자 그곳엔 방금 전 잠에서 깨어나 엉망인 자신과는 달리, 어디 하나 흠 잡을 데 없이 완벽한 강욱이 서 있었다.

"무슨 일……."

"열두 시까지 준비하라고 했을 텐데?"

그렇게 말한 강욱이 휴대폰을 앞으로 내밀며 인상을 찌푸렸다. 멍하니 액정을 보던 수현이 읊조린다.

"아직 열한 시……."

"당연히 자고 있을 것 같아서 깨우러 왔지."

그의 말에 수현이 손을 들어 마른세수를 했다.

"으으…… 죽겠다."

앓는 소리를 내는 수현을 보던 그가 눈을 가늘게 뜨며 혀를 끌끌 찼다.

"너, 나 남자로 생각하긴 하는 거지?"

"응?"

눈을 동그랗게 뜬 수현이 그게 무슨 말이냐는 듯 쳐다보자 그가 시선을 아래로 내려 그녀의 몸을 훑었다.

"남자로 생각하는 거면, 나 유혹하는 건가?"

그의 말에 고개를 내린 수현이 자신의 복장을 보며 작게 비명을 내지른다.

"끼, 끄아……!"

얇은 슬립 원피스는 속을 모두 보여 주고 있었다. 속옷은 물론이오, 그녀의 배꼽까지. 창백하게 질린 얼굴로 제 모습을 내려다보고 있는 수현을 보며 그가 혀를 찼다.

"10분 줄게. 최대한 예쁘게 하고 나와. 차에서 기다릴 테니까."

말을 마친 그가 현관을 벗어나자 고개를 돌려 전신거울을 본 그녀의 입에서 다시 한 번 비명이 터져 나왔다.

"으악!"

얼굴이 이게 뭐야!

그녀의 새된 비명 소리가 오피스텔 복도를 가득 울렸다.

서울 외곽에 위치한 미술관은 최근 가장 핫하다는 김미령 화백의 전시회가 열리고 있었음에도 어찌 된 일인지 개미 새 끼 한 마리 없이 조용했다.

팸플릿을 든 채 천천히 걸음을 옮기며 그림을 보고 있던 수 현은 곁에서 진지한 얼굴로 감상을 하고 있는 강욱에게 목소 리를 낮춰 이야기했다. 혹여 뒤에 있는 큐레이터가 들을까 싶 어.

"관람객이 너무 없지 않아? 주말인데."

"뭐, 망했나 보지."

심드렁한 얼굴로 말하는 목소리가 지나치게 커 수현은 그 의 어깨를 손바닥으로 때리며 훈수를 두었다.

"큐레이터가 듣잖아. 어쩜 이렇게 예의가……."

"너 지금 나 때렸어?"

"맞을 짓을 하니까 때렸지."

강욱이 눈을 부릅뜨다 말고 야무진 표정을 짓고 있는 수현 을 보며 작게 웃음을 내뱉었다.

"우리 아버지가 보면 기함을 하겠네."

"나 구박하는 너 보면 우리 엄마도 기함해."

고개를 돌린 수현은 다시 한 번 큐레이터의 얼굴을 살폈 다. 두 사람의 이야기를 들은 것 같은 그녀는 어찌 된 일인지 손으로 입을 가리며 웃고 있었다.

저 사람, 왜 웃지?

이해 못 할 상황에 수현이 고개를 기울일 때였다.

"조용한 곳이 좋아. 사람 많은 건 딱 질색이거든."

"그래도 미술관은 너무 고상하지 않나?"

"그림 보는 것 안 좋아해?"

'바다'라는 제목이 붙여진 푸른 그림 앞에 멈춰 한참이고 살펴보던 강욱이 고개를 돌려 수현을 보았다. 그녀의 시선은 어느새 방금 전까지 그가 보던 그림을 향해 있었다.

"아니, 좋아해. 가끔 혼자 보러 가기도 하고."

"그럼 됐어."

짧게 말을 내뱉은 그가 손을 뻗어 수현의 손을 쥐었다.

"왜 손을 잡고 그래?"

"같이 보고 있다는 거 티내려고."

"뭐?"

물음처럼 내던진 말에 그가 입가에 미소를 머금었다. 그는 다시 시선을 돌려 그림을 보았다. 여러 가지 푸른 색채가 뒤섞인 그림은 가슴을 뻥 뚫어 줄 것처럼 시원했다.

수현 또한 그런 생각을 하며 보았을까, 방금 전까지 그림을 바라보던 눈망울을 떠올리며 그가 말했다.

"마음에 들어? 유독 오래 보네."

"응, 이 그림 좋네. 얼마나 하려나."

"김미령 화백 거니까 못해도 수천은 하겠지."

그의 말에 수현의 얼굴이 종잇장처럼 일그러졌다.

"그림은 다 좋은데 이게 문제란 말이야. 너무 비싸."

"그런가?"

이해하지 못하겠다는 듯 강욱의 고개가 옆으로 살포시 기운다. 그는 이 그림을 그리기 위해 김미령 화백이 부렸던 히스테리와 함께 지난 시간을 떠올렸다.

흠, 아무리 생각해 보아도 자신의 기준에서는 싼데…….

"김미령 화백이 이걸 그리는 데 6개월이나 걸렸다는 건 알고 있어?"

"응? 그걸 네가 어떻게 알아?"

"글쎄, 그걸 내가 어떻게 알까?"

의뭉스러운 웃음을 지으며 되묻는 말에 수현의 눈이 뾰족해졌다.

"무슨 말을 하는지 하나도 모르겠어. 오늘 뭔가 대화 핀트가 나가 있다는 생각이 들지 않아?"

불만이 가득한 듯 입술을 뾰족하게 내밀며 자신을 보는 의심스러운 시선에, 그는 작은 손을 잡아 옆으로 걸음을 옮기며 웃었다.

"왜 웃어? 그것 봐. 뭔가 있다니까, 너."

솔직히 다 불라는 말에 대한 답 대신 그는 손목시계를 확인하며 대화의 주제를 다른 곳으로 돌렸다.

"이 다음 코스가 궁금하지 않아?"

"나 배고파."

코스는 좋으니 우선 밥부터 먹자는 수현의 말에 그가 작게
웃음을 내뱉었다.

김수현은 단순하다. 이런 단순함이 가끔 그를 웃음이 헤픈
남자로 만든다. 지금처럼.

"밥 먹으러 가자."

오늘의 강욱은 평소와 달랐다. 판에 박힌 데이트 코스가 달
라진 것처럼.

그녀는 한눈에도 화려한 레스토랑을 둘러보았다. 이상하게
이곳도 미술관처럼 사람 하나 없이 썰렁했다.

"예약해 뒀어. 괜찮지?"

"어? 어, 괜찮긴 한데……."

말끝을 흐린 수현은 고개를 숙여 최대한 그에게 가까이 다
가가 속살거렸다.

"여기 무지 장사 안 된다."

호텔 2층에 위치한 레스토랑이라고 하기에도 문제가 있을
정도였다. 웨이트리스가 족히 열 명도 넘게 있는데 저녁 시간
에 손님 하나 없다니.

배운 게 도둑질이라고, 사업성을 검토하는 곳에서 십여 년
넘게 일을 하다 보니 저도 모르게 수익타산을 머릿속으로 떠
올리던 그녀가 인상을 찌푸렸다.

엄청 손해 보겠네. 그런 생각을 할 때였다.

시간에 딱딱 맞춰 나오는 음식에 수현의 눈이 커졌다. 풀코

스로 나오는 음식은 둘째치고, 소믈리에가 반쯤 채워 준 와인을 음미하는 그는 이 모든 게 익숙한 사람처럼 보였다.

시음을 한 후 소믈리에에게 수현의 잔도 채워 달라고 부탁한 그는 주위에 있던 사람들이 모두 물러나자 고개를 돌렸다.

딱 마주친 시선에 수현의 눈동자가 흔들렸다.

언제나 반쯤은 장난스럽고 자신만만했던 그의 눈빛이 웬일인지 긴장을 머금고 있었다. 하지만 그의 입술을 통해 들려오는 목소리는 여전히 당차고 힘이 있었다.

"느긋하게 기다려 주고 싶었는데 말이야."

"뭘?"

"식사 끝나면 네 답을 들을 생각이야."

점점 의뭉스러워지는 대화에 수현은 더 이상 물음을 던지지 않고 그의 시선을 보았다. 그녀는 오늘 하루 종일 그와 스무고개를 한 것만 같았다.

무엇 하나 분명하지 않은 대화에 그녀가 서둘러 말해 보라는 듯한 시선으로 독촉을 보냈다. 그러자 느른하게 벌어지는 입술이 유혹했다.

"방 잡아 놨어."

"에……?"

수현의 눈동자가 커졌다.

"아직도 나와 함께 침대에 들어갈 마음 있어?"

갑작스런 제안에 수현은 한동안 그의 얼굴만 뚫어져라 바라보았다.

수현은 척 보기에도 비싼 음식은 거의 입에 대지 못했다. 먹는 순간 체할 것 같다는 표정으로 한참이고 음식을 깨작이던 그녀는 나이프와 포크를 내려놓은 후 강욱을 향해 흔들림 없는 시선으로 말했다.

"왜 내가 바닥까지 보였다고 생각해?"

왜 기억하기도 싫은 일들을 너에게 말한 것 같니?

그녀의 물음은 충분한 답이 되었다. 자리에서 일어난 그는 지갑에서 팁을 꺼내 내려놓은 후 그녀의 손을 붙잡고 곧장 방으로 올라왔다.

어쩔 줄 몰라 하는 수현을 욕실 안으로 밀어 넣은 그는 자신의 계획에서 한 치도 벗어나지 않은 상황에 기뻐해야 할지, 기분 나빠 해야 할지 판단하지 못하고 있었다.

"과거에 흔들리는 여잔데."

오늘 관계 이후 수현은 자신을 보려고 하지 않을지도 모른다. 남녀의 관계를 쉽게 생각하는 사람이 아니었으니, 후회할지도 모르지. 그걸 알면서도 그는 그녀를 유혹했고, 침대로 끌어들였다.

쏴아아—

빠르게 쏟아지는 물줄기 소리에 그가 눈을 감았다.

내가 언제부터 이렇게 치졸한 놈이 된 건지.

참, 기가 찰 노릇이었다.

매고 있던 넥타이를 느슨하게 풀던 그는 물소리가 멈추자

문을 바라보았다. 안에서 그녀가 지금쯤 하고 있을 수만 가지의 생각을 떠올리던 그가 한숨을 내뱉었다.

"옷 입고 있겠지, 뭐."

그래, 이건 아니라며 도리질을 할지도 모르겠다고 생각하던 그는 닫혀 있던 문이 열리고 수현이 나오자 뒤통수를 강하게 후려 맞은 사람처럼 행동을 멈췄다.

"그렇게 빤히 보지 말아 줄래?"

"……."

"아, 것 참."

수현이 얼굴을 붉히며 고개를 옆으로 돌리자 얼어 있던 그가 천천히 자리에서 일어났다.

그녀는 커다란 수건 하나만으로 몸을 가린 채 어쩔 줄 몰라 하며 서 있었다. 드러난 어깨는 생각했던 대로 좁고 소담했으며, 수건 밑으로 반 이상 드러난 허벅지는 길쭉해 계속 시선을 끌었다.

남자를 만나고 한바탕 침대에서 뒹굴려고 하면 얼마든지 할 수 있는 여자였으나 그의 앞에서 파들파들 떨고 있는 것을 보니 가진 매력을 100퍼센트 발휘하지 못하고 산 것이 자명했다.

집요하게 그녀의 몸을 훑던 그가 고개를 들어 가느다랗게 떨리는 어깨를 보았다.

"도망갈 줄 알았는데."

"뭐?"

"다 무를 줄 알았다고."

깜짝 놀란 수현이 그의 눈을 마주하며 물었다.

"왜?"

"날 믿지 못한다고 했잖아."

"가끔 날 어린애로 보는 경향이 있는데…… 나 서른넷이거든? 남자가 방 잡아 놨다고 할 때 어떠한 각오를 해야 하는지 정도는 알아."

흘러내리려는 수건을 연신 위로 끌어 올리며 하는 말이 참 당차기도 하다. 그 말에 강욱 역시 어쩔 줄 몰라 그대로 서 있었다. 그녀의 긴장감이 고스란히 전해져 와 관계를 한 번도 가지지 못한 숫총각처럼 얼빠진 행동을 하게 되었다.

뜨거운 시선이 자신의 몸을 연신 훑자 수현은 동그랗게 말리려는 어깨를 애써 당당하게 펴며 말했다.

"그러니 너도 벗어 줄래? 나 지금 엄청 부끄러운데."

그 말이 가지는 힘이 얼마나 강력한지 이 여자는 알고 있을까. 당찬 말과는 달리 부끄러움으로 떨리는 목소리에 그의 입가에 웃음이 머물렀다.

아, 이 여자를 어떻게 하면 좋을까. 웃음 때문에 계속 늘어지려는 입꼬리를 애써 다잡으며 그가 말했다.

"무드 없는 여자 같으니라고."

"누가 할 소릴!"

버럭 소리친 수현이 수건을 쥐고 있던 손에 힘을 주었다.

긴장하는 기색이 역력한 모습을 보던 그가 천천히 넥타이를 끄르며 다가갔다. 그리고 수현의 앞에 멈춰 선 후 낮은 신음을 내뱉었다.

"자극해서 좋을 게 없을 텐데."

그는 손에 위태롭게 걸려 있던 넥타이를 떨어뜨린 후 눈을 동그랗게 뜨는 수현을 향해 은밀한 목소리로 속삭였다.

"침대에서 이성을 잃어 본 적이 없어서 나도 어떨지 모르겠거든."

"어, 어?"

그제야 상황이 파악된 것인지 수현이 눈알을 데굴데굴 굴렸다. 하지만 이미 그는 이성을 단단히 붙잡고 있던 무언가를 놓아 버린 듯했다.

강욱은 수현이 힘주어 붙잡고 있던 수건에서 손을 떼어 냈다.

툭.

수건이 떨어지는 소리가 벼락 소리라도 되는 것마냥 깜짝 놀라 오그라드는 여체를 보았다. 마치 예술품이라도 되는 듯 집요한 시선이 그녀의 몸 곳곳에 닿았다.

시선 하나만으로도 꼿꼿하게 선 여성의 정점은 예쁜 색감으로 그의 시야를 유혹하고 있었다.

"너도 버, 벗…… 아!"

가슴을 힘껏 머금은 강욱은 단단한 돌기를 혀로 굴리며 농락했다. 새하얀 가슴에 붉은 자국이 남을 정도로 힘껏 빨아들이고 핥기를 반복하며 무너져 내리려는 그녀의 허벅지 안에

175

제 다리를 끼워 넣는다.

"흐으……."

흐느끼는 소리에 그의 손은 더욱 대담해져만 갔다.

손을 내린 그가 검은 숲을 더듬은 후 손가락을 밀어 넣었다. 수축을 반복하고 있는 여성은 기대감으로 벌써부터 촉촉하게 젖어 있었다.

"나, 나…… 앉고 싶은데."

숨을 헐떡이던 수현이 그의 어깨에 이마를 대며 거친 목소리로 말했다. 곧 숨이 넘어갈 듯 허덕거리는 그녀는 두 다리로 지탱하고 서 있을 수 없을 정도로 떨고 있었다.

고개를 든 그는 녹아내린 표정으로 자신을 바라보는 수현과 눈을 마주했다.

"아아."

그리고 옅게 신음을 내뱉었다.

그녀의 오금 밑으로 팔을 찔러 넣은 그가 몸을 번쩍 들어 올린 후 침대로 향했다. 터벅터벅 옮기는 걸음은 어딘가 성급해 보였고, 뛰는 것 같기도 했다.

새하얀 침대 위에 조심스레 수현을 내려놓은 강욱은 그녀의 모습에서 시선을 떼지 않은 채 셔츠 단추를 하나씩 툭, 툭 풀어냈다.

시선만으로도 그녀를 녹여 낼 듯 집요하게 바라보며 셔츠를 벗은 후 벨트에 손을 가져다 댔다.

마치 조각을 해 놓은 것처럼 완벽한 그의 몸을 놀란 눈으로 보던 수현이 침을 꼴깍 삼켰다. 한번 만져 보고 싶을 정도로 완벽한 상체를 멍하니 보던 그녀는 곧 바지를 벗고 속옷 차림으로 다가오는 그의 모습에 눈을 동그랗게 떴다.

"내가 분명히 경고했을 텐데. 자극해서 좋을 것 없다고."

살결이 닿았다. 뜨거운 체온은 모든 것을 태워 버릴 듯했다. 그리고 무엇보다…… 그녀의 허벅지에 닿는 남성은 금방이라도 그녀의 안을 뚫고 들어올 것처럼 위협적이었다.

숨을 들이켠 수현이 눈을 질끈 감는 것을 보던 그가 작게 웃음을 흘렸다. 그리고 혹여나 그녀의 몸에 무리가 갈까 싶어 여성 안에 손가락을 밀어 넣어 천천히 움직였다.

찰박!

액체가 튀는 소리와 함께 그녀의 윤활유가 그의 손가락을 타고 흘러나왔다. 엄청난 양은 곧바로 남성이 들어와도 무리가 없을 정도였으나 그는 손가락 하나를 더 밀어 넣으며 그녀의 몸을 뜨겁게 달궜다.

질척거리는 소리와 함께 여성의 몸 안에서 흘러나오는 액체 특유의 비릿한 냄새가 룸 안을 가득 채웠다.

그럴수록 그의 미간이 찌푸려지고 남성은 더 커질 수 없이 제 덩치를 불려 나갔다. 그러나 그는 인내심 있게 기다렸다. 완벽한 결합을 위해.

"으아…… 윽."

신음을 집어삼키는 그녀의 모습에 다른 손을 든 그가 입술을 쓰다듬었다. 그리고 엄지손가락을 입안으로 밀어 넣어 그녀가 이를 악물 수 없도록 만들었다.

"뱉어."

"흐으……."

그럼에도 몸을 동그랗게 만들며 그가 주는 끔찍한 쾌감에 파르르 떠는 모습을 본 강욱의 입꼬리가 비틀렸다.

"안 뱉으면 후회할 텐데?"

그는 떨리는 허벅지를 제 쪽으로 힘껏 잡아당겼다. 순간 그녀의 엉덩이가 하늘을 향해 치켜 올라가고, 여성이 그의 눈앞에 그림처럼 그려졌다.

흥분에 들떠 있던 그녀의 얼굴에 순간 경악이 자리했다.

"이, 이강욱? 하, 하지 마!"

그녀가 기겁하며 외쳤지만 어디 말을 들을 강욱이던가. 그가 혀를 길게 빼내 여성을 맛보더니 방금 전까지 손가락이 파고들었던 몸 깊숙한 곳으로 밀어 넣었다.

"아!"

수현의 입에서 신음이 와락 터져 나왔다. 하지만 한 번 그의 말을 거부한 대가는 생각보다 혹독했다.

"으응! 아아…… 아!"

흘러나온 여성을 힘껏 맛보고 쪽 빨아 당긴 그는 여성에 완전히 힘이 빠지고 나서야 그녀를 놓아주었다. 엄지손가락으로 입술을 닦아 내는 모습은 눈이 멀 만큼 매혹적이었다.

게슴츠레 눈을 뜨고 힘없이 늘어져 있는 수현을 본 그가 걸치고 있던 속옷을 벗어 던진 후 콘돔을 가지고 다가왔다.

"제, 제발…… 적당히 좀 해 주면 안 되겠어?"

그녀의 애원에 그가 터질 듯이 부풀어 오른 남성에 콘돔을 끼우며 말했다.

"나도 그러고 싶은데 그게 될지 모르겠네?"

이미 녹진녹진해진 그녀의 몸이 또 한 번 그의 손길 아래에서 불타올랐다.

반쯤 실신한 것처럼 잠들어 있는 수현의 입에서 옅은 신음이 흘러나왔다. 이젠 아침이 다가오는 시간, 강욱은 방금 전까지 자신의 아래에서 신음을 내뱉던 그녀의 모습을 떠올리며 손을 뻗었다.

땀에 눌러 붙은 머리카락을 떼어 주던 그가 노곤한 목소리로 말했다.

"그러게 누가 불타오르게 만들라고 했나."

몇 번이고 그녀를 가졌다. 오랜만의 관계에 그녀가 힘에 부쳐 할 것을 알면서도.

사타구니가 아플 정도로 그녀를 가지면서 그는 채워지지 않는 욕구에 미간을 찌푸려야 했다. 단순한 사정으로는 채워지지 않았다. 무언가 계속 모자라는 기분에 그는 눈물로 얼룩진 그녀의 얼굴마저도 혀로 핥았다.

자신과 마찬가지로 몇 번이고 끝에 닿았던 그녀는 사정 후 곧바로 기운을 차리는 남성에 기겁하며 결국 그의 어깨를 끌어당겨 안았다.

"알았어, 알았으니까…… 다음은 내일 하면 안 될까?"

가슴에 얼굴이 파묻힌 그는 그제야 자신이 정도 없이 굴었다는 걸 깨달았다. 룸 안이 사정 후에 오는 비릿한 냄새로 가득 차고 나서야.

결국 남성을 빼지 않는 걸로 합의를 본 두 사람은 해가 떠오른 시각이 되어서야 관계를 마쳤다. 첫 관계치고는 아주 기나긴 시간이 흐르고 난 뒤였다.

잠든 수현의 얼굴을 바라보던 그가 허리를 뒤로 빼며 상체를 일으켰다. 그리고 정액으로 가득 찬 콘돔을 쓰레기통에 넣고 한숨을 내뱉었다.

"뭐지?"

그는 지난밤 채워지지 않던 갈증을 떠올리며 의아한 목소리로 말했다. 관계를 가지게 되면 이 여자에 대한 흥미가 사라질 줄 알았다.

예전에는 그랬었다. 아무리 흥미가 가는 상대라 하더라도 헐벗은 몸으로 침대에서 사랑을 나누고 나면 식기 마련이었다.

하지만 어찌 된 일인지…….

"뭐야?"

왜 이 여자가 자는 모습을 계속 바라보게 되는 걸까.

이쯤 되니 그는 인정할 수밖에 없었다.

"김수현, 당신 도대채 뭐야?"

갑자기 제 침대로 무단 침입했던 여자가 어느새 마음까지 쑥 들어와 자리를 잡았다고.

"미치겠다."

그가 기가 막힌 듯 읊조렸다.

✦　　✦　　✦

어정쩡하게 서는 수현을 본 그가 삐뚜름하게 웃으며 말했다.

"안아서 댁까지 모셔 드릴까?"

"……제발 1절만 하자."

손을 힘껏 휘저으며 오피스텔 안으로 들어가는 수현을 보던 그가 걸음을 옮겨 그녀를 붙잡으려고 할 때였다. 주머니에 넣어 둔 휴대전화가 요란한 소리를 내며 울린 것은.

"후……."

물어볼 것을 그랬나.

수현이 사라진 자리를 보던 그가 주머니를 뒤져 휴대전화를 꺼냈다. 액정을 보자 반가운 이의 이름이 떠 있었다.

"어머니, 어쩐 일이세요?"

—어쩐 일이긴. 미술관 통째로 빌렸다며?

"네, 그랬었죠."

강욱이 피식 웃음을 내뱉었다. 김미령 화백의 전시회인데도 텅 비어 있는 것을 보며 걱정스러워하던 수현의 모습이 떠올라서이다.

그 걱정은 레스토랑에서도 이어졌다. 아마도 자신이 통째

181

로 빌렸다는 생각은 하지 못했겠지. 그녀에게 자신은 서른둘에 겨우 취업을 한 신입 사원일 뿐일 테니까.

—고상한 취미대로 대목에 통으로 빌렸으면, 그림 한 장 정도는 사서 엄마 체면을 살려 줘야지!

"죄송해요, 어머니."

그렇게 말한 강욱이 차에 올랐다. 운전석에 편히 등을 기댄 뒤 눈을 감았다. 그녀가 일어날 때까지 잠 한숨 자지 못해 피곤이 물밀 듯이 몰려왔다.

—그 양반이랑은 어때?

그 양반이라는 것은 아마도 전 남편이자 현재 강욱의 친권자인 이 회장을 말하는 것이리라. 미령의 목소리에 몰려왔던 피곤이 사라지고 신경은 조금 날카로워졌다.

"뭐, 똑같아요. 늘 그랬듯."

하지만 목소리는 여느 때와 마찬가지로 평온했다. 미국에 있는 미령이 혹여나 걱정을 할까 싶어서.

하지만 배 아파 낳고 장성할 때까지 그의 곁을 지켰던 미령은 평온한 목소리 속에서도 무언가를 찾은 것인지 혀를 끌 끌 차며 불만스러운 목소리로 말했다.

—그렇겠지. 그 인간이 한 짓이 있는데.

그러면서 한참이나 이 회장 욕을 하던 미령은 곧 강욱이 아무런 답을 하지 않는다는 것을 깨닫곤 한숨을 내뱉었다. 더 이상 이런 이야기는 듣고 싶지 않아 하니 말을 돌리는 게 좋았다.

―태용 건설에 신입으로 들어갔다며?

"그 이야기가 뉴욕까지 들어갔어요?"

―너에 대해서라면 내가 모르는 게 없잖아. 어때, 일은 할 만해? 네 자존심에.

"좋습니다. 그래서 그 사람을 다시 볼 수 있었거든요."

―그 사람?

무슨 말인지 몰라 미령이 되물었다. 그의 입에서 나온 '그 사람'이란 존재에.

그러자 강욱은 그녀의 집 어딘가에 시선을 두며 천천히 입술을 달싹였다.

"어머니."

―왜 그렇게 심각하게 부르고 그래?

괜히 불안하게.

그녀의 뒷말에 그가 작게 웃음을 흘렸다.

이 말을 하면 어머니가 어떠한 반응을 보일까? 그것이 못내 즐거우면서도 가슴이 뛰었다.

"저 좋아하는 여자 생긴 것 같아요."

그리고 그의 예상대로 깜짝 놀란 음성이 터져 나왔다.

―뭐? 좋아하는 여자?

"네."

―나 지금 한국에 들어오라는 거지?

즐거운 기색이 가득한 음성에 그가 자신도 모르게 한숨을 내뱉었다.

단 한 번도 마음에 드는 여자가 있다는 말을 한 적이 없으니 미령의 이런 반응도 당연했다. 그리고 얼마 전까지의 그였다면 제가 생각했던 대로 밀어붙였을지도 모른다.

하지만 지금은…….

그의 고민이 깊어졌다.

"그런데 조금 문제가 생겼어요."

—무슨 문제?

"그 여잔 돈 많은 남자가 싫대요."

—이런.

그거 참 큰 낭패라는 듯 미령이 짧게 대꾸했다.

—나랑 똑같구나. 너무 가진 것들은 재수가 없어요.

"어떻게 하죠?"

그렇게 물은 강욱이 어색하게 웃었다.

chapter 5
쓸데없이 투철한 진상

캐리어 안에서 나오지 않고 주위를 이리저리 탐색하고 있는 순심이를 보며 수현이 한숨을 내뱉었다.

그녀 역시 순심이를 좋아했다. 동생과 함께 지내며 손안에 폭 들어오던 어린 시절부터 봐 왔으니 어찌 정이 들지 않을 수가 있겠는가. 문제가 있다면 순심이가 그녀를 좋아하지 않는다는 것이었다.

"캬악!"

털을 세우며 버럭 화를 내는 순심이를 보며 가현이 걱정스레 말했다.

"환경이 바뀌어서 그런가 봐."

정말 그럴까?

가현을 보며 수현이 고개를 저었다. 아무리 보아도 자신과 눈이 마주친 후 화를 내는 것이 분명한데, 가현은 이를 알아차리지 못하고 있는 것 같았다.

가현은 자리에서 일어나 반 토막으로 좁아진 집을 눈으로 훑었다.

"언니, 미안해. 시집간다고 나 도와주지만 않았어도 계속 그 집에 살았을 텐데."

자그마치 7년을 넘게 살았던 집을 떠올리는 가현의 얼굴이 씁쓸해졌다.

자식 결혼은 부모의 기둥뿌리까지 뽑아 먹는다 했다. 지방에서 작은 슈퍼를 운영하시는 부모님은 형편이 넉넉하지 못한 편이었고, 결국 언니인 수현에게까지 손을 내밀게 되었다.

열심히 돈 모아 1년 뒤엔 모두 갚을 것이라고 펑펑 소리치긴 하였으나, 그 약속을 지킬지는 여전히 미지수였다.

이런 동생의 마음을 알았던 것일까. 수현이 고개를 절레절레 저었다.

"어차피 미국에 있던 집주인이 들어와서 빼야 했……."

수현이 말을 멈췄다.

그러고 보니 부동산에선 오랫동안 미국에 있던 집주인이 이번에 한국에 들어오게 되어 계약을 만료해야 한다고 했었다.

때마침 동생의 결혼도 있어 더 이상 넓은 집을 유지할 수 없었던 수현도 잘됐다 생각하며 이사를 한 것인데……. 그 집에 지금은 강욱이 살고 있는 것이다.

집주인? 그러고 보니 하버드를 나왔다고 했었지?

서울 중심가에서 조금 떨어진 곳이라 하더라도 그 집의 시가를 계산해 보면 머리가 핑글핑글 돌 정도였다. 어떠한 이들은 평생 모아야 겨우 구입할 수 있는 집의 주인이 다름 아닌 이강욱, 그라니.

그녀의 생각이 깊어졌다.

"엄마가 걱정 많이 해."

한참 생각을 하고 있던 수현은 그 말에 꼬리에 꼬리를 물던 의심을 잠시 미뤘다. 고향에 계신 부모님 언급에 이어 곧 나올 잔소리들이 무엇인지 알면서도 짐짓 아무것도 모르는 척 물었다.

"뭘?"

심드렁한 물음에 가현은 정말 모르냐는 표정으로 수현의 얼굴을 빤히 쳐다보았다.

"혼자 안 늙어 죽으니 걱정 마시라고 해. 노후 자금은 확실하게……."

"왜 남자가 싫은데? 아니, 왜 연애를 안 하는데?"

가현이 진정으로 궁금하다는 듯 되묻는다.

두 사람은 가현이 대학에 입학해 서울로 올라오고 나서 시집을 가기 전까지 쭉 함께 지냈었다.

잠시 동안 연애를 하는 것 같더니, 언젠가부터 일에 찌들어 살며 인생의 낙이라곤 찾을 생각을 않는 언니의 모습에 가현은 답답함을 느꼈다.

오지랖일 수도 있었으나 묻지 않을 수가 없었다. '언제까지 이렇게 살 거야?' 라고.

"얼굴 그만하면 좋아, 몸매는 말할 것도 없어, 능력도 있잖아. 그런데 왜 통하였다고 외치는 남자가 없냐고."

막 캐리어 밖으로 나온 순심이가 주위를 둘러보다가 후다닥 어두운 곳을 찾아 들어가는 것을 보며 가현이 혀를 끌끌 찰 때였다. 옆에서 뜨거운 녹차를 호로록 마시던 수현이 심드렁하게 말했다.

"통했어."

"내가 정말…… 뭐?"

"통하는 남자가 생겼다고."

"진짜? 헉! 언니, 진짜야?"

"그래."

더 이상 설명할 것도 없다는 듯 딱 잘라 말하는 수현을 보며 가현이 입을 다물었다. 혹여 자신을 속이기 위해 거짓말을 하는 건가 싶어 바라보았지만 말간 얼굴은 거짓 하나 없었다.

진짜 남자라도 생긴 건가?

가현이 아무런 말도 하지 못할 때였다.

"내가 연애하는 게 그렇게 놀랄 일이야? 엄마한테는 당분간 비밀로 해 줘. 부산에서 당장 올라오겠다고 난리치시기 전에."

조금은 불만 섞인 어투에 가현이 손을 들어 장난스럽게 추임새를 넣었다.

"알았어, 알았어. 지퍼 잠그고 있을게."

굳게 입을 다물고 있겠다는 듯 제 입 앞에서 연신 가로로 잠그는 표시를 하던 가현이 조금 떨어져 있던 거리를 무릎으로 기어 왔다. 그리고 눈을 반짝이며 오랜만에 생긴 언니의 연인에 대해 물었다.

"어떤 사람인데?"

"음…… 자상한 것 같아, 나름."

"아니, 성격 말고!"

버럭 소리치는 가현의 모습에 수현이 한숨을 내뱉으며 고개를 저었다. 그리고 강욱에 대해 조금 더 생각해 보았다.

이강욱, 그는 어떤 사람일까?

일단 그 사람을 객관적으로 떠올릴 때 가장 먼저 생각나는 것은 하나였다.

"잘생겼어, 키도 크고."

"언니, 언제 철들래?"

자상한 성격과 외향에 대해서 이야기를 하는 수현을 보며 가현이 혀를 끌끌 찼다. 하지만 그 모습에 오히려 기분이 나빠진 것은 수현이었다. 그녀가 인상을 굳히며 따박따박 쏘아붙였다.

"나 돈 잘 벌어. 내가 잘 버는 데 굳이 잘 버는 남자를 만날 필요가 있을까?"

뭐, 생각해 보면 돈이 많은 것 같긴 하다만.

수현은 지현의 식장에서 오만 원권을 망설임 없이 꺼내는 모습이라든가, 데이트 도중 그녀의 지갑에서 돈이 나올 때마다 미간을 구기던 모습을 떠올렸다. 그리고 방금 전에 깨달은, 예전 집 주인이라는 사실도.

하지만 한심하다는 듯 혀를 차는 가현을 보자 이 같은 것을 별로 이야기해 주고 싶지 않았다. 이런 사실을 알게 되었을 땐 가현과 엄마가 합심하여 당장이라도 날짜를 잡자고 할 것만 같아서.

"그래, 언니 인생이니까. 언니가 알아서 하겠지."

화가 난 수현과는 달리 가현은 너무나 쉽게 대화를 마무리 지어 버렸다.

그녀는 침대 밑으로 들어가 나올 생각을 않는 털 뭉치의 모습에 걱정스레 물었다.

"그럼 우리 순심이가 방해되는 거 아니야?"

"알면 빨리 데리고 가라."

짧게 답한 수현은 들고 있던 찻잔을 테이블 위에 올려두었다. 퇴근 무렵, 일이 있어서 오늘은 안 되겠다는 메시지에 한참이고 답이 없던 그의 모습이 떠올랐다.

"벌써 귀찮아진 건가?"

강욱은 여전히 침묵을 지키고 있는 휴대전화를 노려보며 자신도 모르게 읊조렸다. 그러다 제 입에서 나왔다기에는 너무나 극악하고 자존심 없는 말에 인상을 와작 찌푸렸다.

"무슨 헛소리야, 이강욱."

불만스러운 어투로 자신을 탓한 그가 자리에서 벌떡 일어나 거실을 서성거렸다.

회사에서 받은 자료로 얼추 사건의 진상엔 다가선 상태였다.

3년 전을 마지막으로 거래가 끊겨졌던 태훈 디자인과의 업무에선 지나치게 많은 금액이 외주 업체 쪽에 책정되어 있었다.

아무리 원자재의 가격이 높아졌다 하더라도, 다른 곳과 공임비가 20%나 차이 나는 것은 문제가 있었다.

더욱이 한 사업에 많은 디자이너가 투입되는 경우라 하더라도 보통 세 명에서 다섯 명 정도가 참여한다. 그러나 태훈에선 많게는 열 명까지 업무를 주고 있었다.

이게 과연 옳은 일인가, 그렇게 생각을 해 보면 강욱은 냉정하게 고개를 내저을 수 있었다.

"흠."

책상 위에 놓여 있던 내역들을 눈으로 훑던 그의 입에서 앓는 소리가 흘러나왔다.

당장 감사팀에 넘겨 처리를 하면 되는데도 그가 쉬이 움직이지 못하는 것은 수현 때문이었다. 이 일이 마무리되면 그는 원래의 자리로 돌아가야 했다. 신입 사원이 아닌 태용 건설 사장 이강욱으로.

그전엔 말을 해야 할 텐데…….

강욱은 여전히 울리지 않는 휴대전화를 보며 한참이고 생각에 잠겼다. 어떻게 해야 그녀에게 충격을 주지 않고 현재의 상황을 설명할 수 있을까.

머리를 굴리던 그는 순간 자신이 참 이상하다는 생각에 인상을 굳혔다.

"왜 내가 돈이 많은 걸로 고민을 해야 하지?"

그것도 그 여자가 아무 생각 없이 던진 한마디에 말이야.

밤새 오지 않은 연락에 아침 일찍 집을 나선 강욱은 오피스텔 건물을 올려다본 후 차에 등을 기댔다. 차는 지난밤 잠시 내린 가을비가 무색하리만치 먼지 하나 없는 깨끗한 모습이었다.

휴대전화를 보던 그는 이젠 제법 익숙해진 수현의 번호를 누른 후 곧장 통화 버튼을 눌렀다.

—여보세요?

통화음이 얼마 흐르지 않아 맑은 목소리가 들려왔다. 회사 밖에서의 그녀는 조금은 나긋하고 낮은 어조로 이야기를 하곤 했었다. 지금처럼.

동료가 아닌 친밀한 관계가 된 것 같은 느낌에 그는 웃음기가 역력한 어조로 말했다.

"올라가도 될까?"

—올라가다니? 어딜?

"지금 집 앞이야."

말문이 막힌 것인지 수화기 너머에선 아무런 말도 들려오지 않았다. 그가 다시 한 번 말했다.

"올라간다."

―기, 기다려!

"왜?"

웃으며 묻는 말에 수현은 평소보다 높고 다급한 톤으로 말했다.

―내려갈게. 집엔 올라오지 마.

딱 잘라 거부한 그녀는 말없이 전화를 끊어 버렸다.

띠리릭, 통화가 끊겼다는 소리가 들릴 때까지 멍하니 휴대전화를 귀에 대고 있던 그가 힘없이 전화를 내린 후 액정을 보았다.

"뭐야?"

왜 집에 못 올라오게 하는 거지?

그의 눈썹이 신경질적으로 치켜 올라갔다.

오피스텔 로비를 보며 한참이고 올라갈까, 말까 고민을 하던 그는 곧 헐레벌떡 뛰어 나오는 수현을 보며 삐딱하게 섰다.

자신의 앞까지 뛰어와 허리를 숙인 후 거칠게 숨을 내뱉는 수현의 모습에 시선을 내리깔며 고저 없는 목소리로 물었다.

"빨리 나왔다?"

"그래서 올라오지 말라고 했던 거야. 막 나가려던 찰나였거든."

여전히 허리를 숙인 채 고개만 들어 그를 바라보는 수현의 눈엔 거짓 하나 없다. 상대의 마음을 꿰뚫어 보는 일이 식은 죽 먹기보다 쉬웠던 그는 한참이고 수현의 표정을 살피다 이내 힘없이 웃었다.

"가자."

"같이 출근하게?"

"어."

강욱이 무심하게 답하며 보조석 문을 열어 주자 수현이 눈을 동그랗게 떴다. 그러다 이내 자신 혼자 의문점이 풀린 것인지 고개를 끄덕이며 차에 오른다.

"그럼 회사 근처에 세워 줘."

"……뭐?"

멈칫 몸을 편 강욱이 문도 닫지 않은 채 한 템포 늦게 답했다. 수현은 무슨 문제가 있냐는 듯 그의 얼굴을 말갛게 올려다보았다.

"왜 회사 근처에 세워 줘야 하는데?"

"그럼 어떻게 아침부터 같은 차를 타고 출근해? 우리가 어디 사는지 사람들이 뻔히 아는데."

카풀이라고 거짓말할 수도 없잖아.

그녀의 말에 강욱의 미간이 찌푸려졌다.

이 여자가 도대체 나랑 뭐하자는 거지? 그러한 의문이 그의 머릿속을 뒤죽박죽 어지럽혔다.

"왜 거짓말을 해야 하는데?"

"그럼 우리 관계가 탄로 나잖아."

그렇게 말하는 수현이 너무나 해맑게 웃어 그는 그 어떠한 변론도 하지 못했다.

✤　　✦　　✤

바쁘게 서류를 들고 움직이는 모습을 시선으로 좇던 그는 자신에게 다가오는 수현의 모습에 고개를 들었다.

"이강욱 씨, 이 서류 네 시까지 정리해 줄 수 있어?"

"네."

"고마워요."

사무적인 웃음을 짓고 곧장 자리로 돌아가는 그녀를 보던 그는 받아 든 서류를 내려다보았다. 오늘도 그에게 맡겨진 것은 과할 정도로 많은 잡무였다.

보통 사람이었다면 곤란해할 정도로 엄청난 양을 내려다보던 그의 입에서 한숨이 새어 나왔다.

같이 있는 것은 좋았다. 하지만 같은 공간에 있든 없든 상관이 없을 정도로 업무 시간엔 가벼운 눈 맞춤조차 하기 힘들었다.

똑바로 자세를 잡은 그는 엑셀 파일을 켬과 동시에 사내 메신저로 메시지를 보냈다.

너무한 거 아니야?

불만이 가득한 문장에도 그는 망설임 없이 엔터를 눌렀다. 일에 지장을 주면 그녀가 가차 없이 쳐 낼지도 모른다는 생각을 잠시 잠깐 하며.

하지만 너무나 허무하게도 그녀는 한참 답이 없었고, 그가 서류를 반 정도 정리했을 때야 답변을 보내 왔다.

미안, 이제 봤어.

메시지를 보낸 지 두 시간 만에 온 답장이 이거다.

고개를 들어 수현의 자리를 보자 그녀는 또다시 빠르게 손을 움직이며 계산기를 두드리고 있었다.

손은 숙련된 은행원처럼 정확하고 컴퓨터보다 더 빨라 보였다. 얼마나 두드려 댔는지 계산기 위에 적혀 있는 숫자가 닳아 없어질 정도였다.

그래, 그렇게 노력한 여자겠지. 그게 처음에는 꽤 괜찮아 보였는데…… 왜 지금은 무척 짜증이 나지?

그가 불퉁한 표정을 지으며 짧게 메시지를 보냈다.

나 좀 봐.

이번엔 곧장 메시지를 읽은 그녀가 그를 보았다. 어딘가 불만스러워 보이는 표정에 그녀는 어색하게 웃더니 자리에서 일어났다.

"커피 마실 사람?"

"저요, 팀장님!"

"저도요!"

여기저기서 들려오는 목소리에 수현은 요령 좋게 팀원들에게 말했다.

"아메리카노로 통일한다."

"에이!"

"사 줘도 말이 많아요. 그럼 이강욱 씨, 시간 되면 나랑 같이 갈까?"

다른 이들에게 눈치를 챌 여지도 주지 않은 그녀가 앞서 사무실을 빠져나가자 강욱이 그 뒤를 따랐다.

자연스럽게 사람들의 발걸음이 뜸한 비상구 쪽으로 향한 두 사람은 이젠 아지트가 된 공간에 도착해서야 서로를 마주 보았다.

"왜?"

수현의 물음에 강욱이 입술을 일그러뜨렸다.

"마음에 안 들어."

"뭐가?"

낮고 강압적인 말에도 수현은 눈 하나 깜짝하지 않고 그를 올려다보았다. 족히 머리통 하나는 차이 나는 키에도 그녀는 전혀 기죽지 않은 모습이었다.

삐딱하게 수현을 내려다보던 그가 툭, 말을 내뱉었다.

"뭐든."

"뭐?"

명확하게 말을 해 주지 않는 그의 모습에 수현이 눈을 동그랗게 떴다.

무엇이 마음에 들지 않는지 주어를 빠뜨린 말은 별의별 상상을 다 하게 만들었으나 수현의 얼굴엔 긴장 하나 없었다. 처음 만났을 때와는 백팔십도 다른 모습이었다.

가까이 다가가 수현의 어깨를 감싸 쥔 그는 손바닥에 전해지는 따스한 체온과 옅게 맡아지는 체향에 조금은 누그러진 목소리로 말했다.

"어젠 날 버려뒀고, 오늘은 다 마음에 안 들어."

"지금 내가 마음에 들지 않는다는 거지?"

그녀의 물음에 강욱의 얼굴이 종잇장처럼 일그러졌다.

그럴 리가 있나.

마음에 들지 않는 것은 그, 자신이었다.

어젯밤, 그녀가 일이 있다며 먼저 집으로 간 것은 이해할 수 있었다. 그 뒤 연락 한 통 없던 것도 김수현이라면 가능한 일이라 생각했다.

아침에 무언가를 숨기듯 집으로 들어오지 말라고 했던 그녀 역시 의심을 해선 안 되었다. 아니, 안달 내선 안 되었다.

그런데 지금 자신의 꼴은 어떤가. 마치 연애 초년생처럼 안달복달하며 눈앞에 있는 여자가 무슨 생각을 하는지 하나부터 열까지 모두 알아야 속이 시원하다는 듯 굴고 있었다.

물음에 답하지 않은 그가 고개를 숙여 수현의 입술에 입을 맞췄다.

혀는 집요하게 그녀의 입술 안을 파고들었다. 고른 치열을 훑고, 도망치는 혀를 힘껏 옭아매 뽑을 것처럼 빨아들였다. 고통에 찬 신음이 터져 나오고 입술 옆으로 침이 흘렀으나 그는 개의치 않고 더욱 그녀를 맛보고 휘저어 댔다.

모자랐다.

무엇인지는 몰랐으나 부족했다.

"하아, 하아."

몸을 힘껏 밀어낸 수현이 거친 숨을 토해 내며 놀란 눈으로 강욱을 보았다.

"이강욱?"

수현의 음성이 파르르 떨렸다. 그제야 정신이 퍼뜩 든 것인지 강욱이 그녀의 얼굴을 보며 한숨을 내뱉었다.

"나만 바라봐 주면 안 되나?"

입가에 걸려 있는 미소는 씁쓸했다.

과거의 남자에 흔들려 자신의 품에 안겼던 여자는 여전히 아무것도 변하지 않은 채 그의 앞에 서 있었다. 예전과 달라진 것은 없었다. 그것이 그의 마음을 조급하게 만들었다.

이 회장과 약속한 날짜는 어느새 2주일 앞으로 훌쩍 다가와 있었다.

✛   ✛   ✛

침대 맡에 쪼그려 앉은 수현의 앞에는 고소한 참치가 가득 쌓인 스테인리스 그릇이 놓여 있었다.

어디 그뿐인가. 웬만한 고양이들이라면 환장을 하고 덤벼든다는 쥐돌이까지 격렬하게 흔들고 있는 그녀는 고양이의 손길을 한 번이라도 받고 싶어 하는 집사, 그 이상도 이하도 아니었다.

하지만 역동적으로 흔드는 손과 달리 그녀의 눈빛은 무언가 생각에 잠겨 있는 듯 멍했다. 진지한 고민은 그녀가 오랜만에 칼퇴근을 계획했던 그 순간부터 계속되고 있었다.

잡무가 많이 남았어. 먼저 퇴근해.

그녀는 자신의 모니터에 뜬 메시지를 한동안 이해하지 못해 한참이고 바라보아야 했다. 이강욱에게서 일이 남았다는 말을 참으로 오랜만에 들었으니까.

그녀가 심술을 내며 일을 던지지 않은 이후, 그는 늘 그녀의 일이 끝나기만을 손꼽아 기다리다 같이 퇴근을 했었다.

"무슨 일이지?"

획획—

허공에 쥐돌이를 연신 흔들면서도 그녀는 멍하니 생각했다. 그의 업무라면 자신이 모를 리 없었다. 자신은 그의 사수였으니까.

그러고 보니 이틀 전인 화요일부터 심상치 않았다는 사실이 떠올라 그녀는 미간을 찌푸렸다. 자신만 봐라봐 주면 안 되냐는 물음을 던졌던 그날부터 그는 어딘가 이상했다.

"캬악!"

침대 밑에서 성질을 내던 순심이, 눈치를 보며 서서히 낮은 포복 자세로 기어 나오자 수현은 참지 못하고 손을 뻗어 등을 쓰다듬었다.

"한 번 만져 보는 게 이렇게 어려워서야."

그녀는 그것이 순심이가 가장 싫어하는 일이라는 것도, 그로 인해 다시 침대 깊숙한 곳으로 숨어드는 순심이의 배가 무척 고프단 것도 모른 채 한참이고 쥐돌이를 흔들어 댔다.

"너 안 먹고 어떻게 살아? 살아 있는 생명체라면 밥은 먹어야지."

몸을 잔뜩 숙이고 어둠 속에 숨어 있는 순심이를 보던 수현이 자리에서 벌떡 일어났다.

"내가 없어야 밥 먹을 거지? 그럼 나 잠시 나갔다 온다?"

마치 고양이를 생각해 주는 것처럼 말했지만 그녀의 시선은 휴대전화를 향해 있었다. 울리지 않는 휴대전화가 왜 이렇게 신경 쓰이는지 모르겠다. 언제부터 퇴근 후에 다른 사람들이 연락해 왔다고.

하지만 벌써 외투를 걸치고 휴대전화와 지갑을 챙겨 드는 그녀는 조급해 보였다. 신발을 꿰어 신은 수현은 어딘가에 몸을 웅크리고 있을 순심이를 향해 밝은 목소리로 외쳤다.

"금방 올게!"

같이 사는 동거묘에게 외출 신고를 한 수현이 빠르게 걸음을 옮겼다.

해야 할 일은 산더미처럼 쌓여 있었으나 강욱은 어찌 된 일인지 멍하니 자리에 앉아 휴대전화만 내려다보고 있었다.

지금 가장 중요한 것을 꼽으라면 결재 서류들이었음에도 불구하고, 그의 내심은 울리지 않는 휴대전화가 더 중요한 듯했다.

그는 늘 일에 우선순위를 정해 두며 살아왔다.

어머니의 손에 이끌려 미국으로 갔을 땐 백인들 사이에서 자신의 포지션을 잡는 것이 무엇보다 중요했다.

성인이 되어선 늘 일을 우선순위로 두고 살았다. 자신의 능력을 인정받고 싶었으니까.

그리고 자신을 거들떠보지 않았던 친부가 2년 동안 끈질기게 설득해 한국으로 왔을 땐, 세상에서 가장 중요하다 여겼던 일들이 중요하게 느껴지지 않았다.

그에게 무엇보다 중요한 것은 어느새 한 사람으로 귀결되어 있었다.

김수현.

자신의 침대에 무단 침입한 것도 모자라 자신도 모르는 사이에 제 마음에 와락 들어와 버린 사람.

하지만 그녀는 자신과는 달랐다. 연인보단 일을 우선시했고, 퇴근 후에 먼저 연락을 하거나 상대가 무엇을 하는지 궁금한 법이 없었다.

그것은 마치 참견하지 않을 테니 너도 하지 말라는 것처럼 느껴져 그의 마음을 불편하게 만들었다.

"후."

한숨을 내쉰 그가 고개를 옆으로 움직이며 휴대전화에서 시선을 떼다 힐끗 노려보았다. 마치 그것을 깨부수기라도 할 것처럼 무시무시한 눈빛으로.

"울려라."

'열려라, 참깨!' 처럼 힘주어 말한 강욱은 조용한 휴대전화를 보며 미간을 구겼다.

이제 그에게는 시간이 얼마 남지 않았다.

간편한 관계라면 그 시간 또한 여유롭게 느껴질지 몰랐으나 지금은 아니었다. 자꾸 마음이 조급해지고 답답했다.

이 여자에게 어떻게 빨리 다가갈 수 있을까. 그리고 어떻게 이 여자에 대한 확신을 느낄 수 있을까.

아무리 똑똑하고 잘난 이강욱이라 하더라도 사람의 마음만큼은 어찌할 바를 몰랐다.

한참이고 휴대전화만 바라보다 차가운 냉수라도 마시고 정신을 차려야겠다는 생각에 부엌으로 향하던 그는 초인종 소리에 걸음을 멈췄다. 느릿하게 돌아가는 고개. 그의 시선은 어느새 현관문으로 향해 있었다.

조급하게 느껴질 만큼 빠르게 걸음을 옮긴 강욱이 현관문을 열었다. 그리고 서 있는 사람의 모습을 보며 얼굴을 구겼다.

"요즘 왜 이렇게 얼굴 보기가 힘드냐?"

"너였냐?"

강욱은 멋스러운 슈트를 입고 서 있는 남자의 모습을 보며 심드렁하게 물었다. 그러자 남자는 섭섭하다는 듯이 외쳤다.

"내가 재미있는 이야기를 들어서 말이야. 확인하고 싶어서 전화를 했더니 연락처가 바뀌었더라? 친구한테 어떻게 그럴 수 있어!"

"우리가 친구긴 했어?"

"무심한 놈."

투덜투덜 작게 불만을 쏟아 낸 그가 집 안으로 한 걸음 옮기려고 할 때였다. 팔을 뻗어 침입로를 막은 강욱이 얼굴이 와자작 구겼다.

"윤경환."

"아, 그것 참. 들어가는 것도 안 돼?"

"안 돼."

딱 잘라 말한 그가 귀찮다는 듯이 허공에서 손을 저었다. 어서 썩 꺼지라는 듯이. 그러자 경환은 그의 얼굴을 보며 개구쟁이처럼 웃었다.

"그럼 네 비밀, 친구 놈들한테 소문내도 되냐?"

그 말에 강욱의 얼굴이 구겨졌다.

"한국에 내 친구가 있었던가?"

심드렁한 물음에 경환의 웃음이 진해졌다.

"우리 세계에선 재벌 2세, 3세를 친구라고 하지. 동료이자 친구. 네가 지금 태용 건설에서 말단 직원으로 있다는 거, 말해도 되냐? 뭐, 다들 곧 알게 되긴 할 테지만 지금 네 일에는 엄청난 지장이 있을 것 같은데?"

"……."

"네 여자에 대한 소문도 그렇고."

싱글벙글 웃으며 제 할 말을 모두 하는 경환의 모습에 강욱의 얼굴이 사정없이 구겨졌다.

"어떻게 알았어?"

회사와 관련된 일은 그렇다 쳐도 수현과의 관계는 어찌 알았는지. 가끔 세상에서 가장 무서운 놈이 눈앞에 있는 윤경환이 아닌가 하는 생각이 들었다.

"내 정보원이 어디 한둘이야? 그리고 정보를 준 사람의 신변은 보호해 준다, 그게 내 철칙이지. 그래야 다음에 또 지금처럼 재미있는 이야기를 들을 수 있으니까. 그리고 그거 알지? 나 나팔의 기수인 거."

알고말고. 마음만 먹으면 하루는커녕 단 두 시간 만에 이 바닥에 소문을 파다하게 낼 수 있는 인물이었다.

"나에게 오프 더 레코드란 없다. 자, 이제 들어가도 되지?"

"후."

한숨을 내뱉은 강욱이 먼저 뒤돌아 집 안으로 들어왔다. 슬리퍼를 질질 끌며 책상으로 향한 그는 뒤따라오는 경환은 보지도 않은 채 말을 내뱉었다.

"무슨 일이야?"

"한국에 들어온 지가 언젠데 모임에도 통 안 나오니까 궁금하잖아. 그래서 알아보니까 재미있는 일들이 꽤나 많이 벌어지고 있는 것 같아서. 처음에는 네 장난 중의 하나인 줄 알았는데……."

말꼬리를 늘인 경환은 굳어 있는 강욱의 표정을 보며 싱긋 웃음 지었다.

"진심이네."

"뭐가?"

"그 여자 말이야."

그것 말고는 생각할 여지가 없다는 듯이 경환이 딱 잘라 말했다. 그러자 의자에 앉던 그가 팔짱을 끼고는 표정을 느슨하게 만들며 웃었다.

"그렇게 생각하는 이유는?"

"그 여자에 대한 감정이 진심이 아니라면 네가 날 집에 들여 놓을 리 없잖아."

"……."

"자, 친구야. 이제 진실을 말해 보라고. 내 궁금증만 풀리면 더 이상 들쑤시고 다니지 않을 테니까."

경환은 아직도 웃고 있었으나 그 웃음 속에 숨어 있는 것이 무엇인지 너무나도 잘 알고 있는 강욱은 인상을 굳혔다.

싱글벙글 웃어 가벼운 놈처럼 보이긴 하였으나 어찌 되었든 도원 그룹의 일원이며 도원 호텔의 사장이다. 사업가의 기질이라면 그 누구에게도 뒤처지지 않는 능구렁이 같은 놈이니, 무슨 수를 써서든 알아내고 말 것이다.

하지만 그의 뜻대로 순순히 따라 주기는 싫었던 강욱이 턱을 쓰다듬으며 부러 만들어 낸 웃음을 지었다.

"신혼 생활은 괜찮냐? 형수님이 아내가 된 기분은?"

"……이강욱."

"듣자 하니 요즘 꽤 마음고생 하는 것 같은데."

그의 말에 순간 경환의 얼굴이 울상이 되었다.

이 바닥에서도 사생활이 복잡하기로 유명한 경환을 단숨에 엉덩이 무거운 남자로 만들어 버린 유라는, 한번 한다면 하는 성격에 괴짜로도 유명한 여자였다.

그리고 무엇보다 경환의 형인 민환과 오랫동안 관계를 유지했던 사람이기도 했다.

꽤 아픈 곳을 찔렀는지 경환이 버럭 소리쳤다.

"알았어, 알았어! 안 물어보면 되잖아!"

"네놈 사생활이 중요하듯 나도 그렇거든? 그러니 바늘로 그만 찔러. 계속 찌르면 난 칼로 찌를 거니까."

"네네, 알겠습니다."

쳇, 혀를 찬 경환은 책상에 걸터앉으며 널려 있는 서류 하나를 들어 살폈다. 어지럽게 적혀 있는 숫자를 보던 그가 물었다.

"이거야? 네가 사원으로 들어간 이유."

"회사 기밀 서류야."

"너도 내게 궁금한 게 있으면 언제든지 보여 달라고 해. 난 정말 오픈 마인드니까."

"그래, 넌 오픈 마인드겠지만 형은 아니겠지."

눈앞에 있는 백 년 묵은 구렁이의 형이자 현재 도원 그룹을 이끌어 가는 윤민환의 이야기에 경환의 얼굴이 어색하게 굳어졌다.

대충 훑어보던 서류를 다시 원래의 위치에 내려놓은 경환이 어깨를 들썩였다.

"횡령이네. 뭐, 책임자 조져 보면 답이 나오겠지. 보자, 결재권자가…… 김수현? 이 사람 네 여자 아니야?"

"너 그만 가라."

"아, 왜!"

"가라면 가. 얼굴만 봐도 짜증나니까."

차가운 얼굴로 경환을 노려보던 그가 자리에서 벌떡 일어났다. 더 이상 대화를 하고 싶지 않다는 완곡한 표현이었다. 그의 모습을 보던 경환은 뒤늦게 지뢰를 밟았다는 사실을 깨닫곤 몸을 움찔 떨었다.

저렇게 노려볼 건 뭐야. 잡아 죽이겠네, 죽이겠어.

더 이상 말하지 말라는 경고의 눈빛을 읽어 낸 경환이었지만 그는 거기서 말을 멈추지 않았다.

"사랑도 좋지만 회사 일이 더 중요하지. 정말 그 여자가 그랬다면 쳐 내는 게 좋아. 우린 밑으로 거느린 사람들이 한둘이 아니니까."

그 사실은 강욱도 알고 있었다. 제일 위에 있는 그들이 흔들리게 되면 피해를 입는 이는 그들만이 아니었으니까. 최악의 상황에는 수많은 실업자가 생기기도 했다.

하지만 경환을 보는 강욱의 눈빛은 흔들림 하나 없었다.

그는 경환을 보며 딱 잘라 말했다.

"그 여잔 아니야."

"저렇게 명백한 증거가 있는데? 쓸데없는 돈이 더 책정된 건 분명 리베이트* 받은 거야. 정미연이란 여자가 직접 나서서 했겠지만, 김수현 저 여자 역시 돈을 챙겼을 수도 있지."

최종 결재를 올린 것은 수현이었다. 물론 담당이 따로 있긴 하였으나 자세히 살펴본다면 모를 수 없는 사실을 결재해 줬다는 것은 말이 안 되었다.

더욱이 리베이트한 건 태훈 디자인이었다. 그녀의 연인이 다녔던 회사.

"네가 사람 보는 눈이 좋다는 것은 알지만, 사랑은 그 눈을 가려."

넓은 시야를 유지하지 못하게 만들기도 하고, 무조건적인 믿음을 보내게 만들기도 한다.

하지만 이강욱이 어떤 사람이던가. 그는 인생에서 단 한 번의 후회도 해 본 적이 없는 이였다.

"윤경환, 우리 내기 하나 할까? 정말 그 여자가 그랬는지, 안 그랬는지."

---

*리베이트(Rebate):지불 대금이나 이자의 일부 상당액을 지불인에게 되돌려 주는 일. 또는 그 돈.

"내기? 뭐, 좋아."

자신감이 넘치는 모습에 경환 또한 고개를 끄덕이며 응수했다.

"네가 지면 앞으로 제주도에 들어설 도원 호텔 건축권, 우리한테 줘."

"네가 지면?"

"무료로 지어 주지."

내기에 건 물건은 절대 질 리가 없다는 그의 마음을 대변하고 있었다. 아무리 돈이 많아도 무료로 덩치 큰 도원 호텔을 지을 수는 없을 테니까.

강욱의 얼굴을 가만히 보던 경환이 푸하하 웃음을 터뜨렸다.

"아, 역시 통 큰 자식."

거 참, 사랑 한번 크게 한다.

내일 당장 변호사 공증을 받자는 말을 남긴 경환이 집을 나서자 그는 잠시 멍한 표정이 되었다.

폭풍이 들이닥친 기분이 들었다. 순식간에 휩쓸고 지나가 제 마음을 쑥대밭으로 만들어 놓은 태풍에, 한참 서류를 바라보던 그가 자리에 앉았다. 시선은 또다시 휴대전화로 향해 있었다.

"믿어."

그래, 그녀가 하는 일을 믿는다. 지켜봐 왔던 그녀는 절대 그런 사람이 아니었으니까.

피곤함에 눈이 뻑뻑해지자 손바닥으로 눈두덩을 꾹꾹 누르던 그는 다시 한 번 사념을 방해하는 초인종 소리에 자리에서 일어났다. 그리고 상대가 누구인지도 확인하지 않은 채 벌컥 문을 열었다.

"뭐 두고 갔…… 어?"

"뭐야, 살아 있었잖아."

경환 대신 그곳에 서 있는 것은 수현이었다. 집에서 급히 나온 티가 역력한 옷차림과 조금은 거친 숨소리에 그가 삐딱하게 그녀를 내려다보았다.

지금껏 머리를 복잡하게 만들던 당사자가 눈앞에 서 있자 숨죽이고 있던 불만이 터져 나왔다.

"연락이 없어서."

"먼저 할 생각은 못 하나 보지?"

"아, 그렇구나."

열심히 고개를 끄덕이는 수현의 모습을 보자 그는 자신도 모르게 화가 났던 마음을 탁 풀어 버렸다.

이 여자를 가지고 난 도대체 무슨 생각을 했었던 걸까. 대인 관계에 있어서는 어수룩하고 어딘가 결핍되어 있는 사람이라는 것을 잘 알고 있었는데.

"그래서 직접 찾아왔어?"

"뭔가 안 좋은 예감이 들었거든. 지금 꼭 만나러 가야 할 것 같은?"

회사에서 마지막으로 보았던 모습이 내내 마음에 걸려 직접 집까지 찾아온 수현은 그의 곁을 지나 자연스럽게 안으로 들어섰다.

소파에 털썩 앉은 수현은 아직도 현관 앞에 서 있는 강욱을 보며 물었다.

"우리 일단 대화를 해 볼까?"

진지한 수현의 얼굴에 강욱이 성큼성큼 다가와 자리에 주저앉았다.

"그래, 하자. 대화."

"오늘 왜 먼저 퇴근하라고 한 거야?"

"일이 남아 있었으니까."

"퇴근하고는 왜 연락을 안 했고?"

"방금 전까지 다른 사람과 있었어."

"……."

"더 물어볼 건?"

"없어."

짧게 답한 수현이 말을 이었다.

"나 괜히 왔나 봐."

쓸데없이 오해했네.

그녀가 미간을 찡그리며 장난스럽게 웃자 강욱이 작게 고개를 저었다. 그녀는 괜히 오지 않았다. 오히려 아주 타이밍이 좋았다. 그는 진중한 눈으로 자리에서 일어나려는 수현의 팔을 붙잡았다.

"김수현."

"왜?"

의아한 눈으로 자신을 내려다보는 수현을 보며 그가 무릎을 꿇었다. 그리고 고개를 들어 입을 맞추며 손가락을 머리카락 사이로 밀어 넣었다.

가느다란 실과 같은 머리카락은 곧게 뻗은 강욱의 손가락 사이에서 노니고, 부드럽게 흔들렸다.

고개를 비스듬히 비켜 입을 맞춘 그는 작은 숨구멍조차 막겠다는 듯이 그녀를 압박했다. 힘껏 입술을 빨아들인 그는 제 입속으로 들어온 살덩이를 이로 깨물고 핥으며 괴롭혔다.

거친 키스에 그녀의 허리가 숙여졌고, 강욱은 자신 쪽으로 더욱 다가온 입술을 마음껏 탐했다.

그녀가 도망가지 못하도록 머리카락을 움켜쥐었던 손에 힘이 들어가고, 다른 손은 허리를 쓰다듬으며 그녀의 몸에 열기를 불어 넣었다. 거친 손길에 소담한 가슴이 들썩이고, 깊은 그늘을 드리우고 있던 눈썹이 파르르 떨렸다.

"으음."

신음 소리는 자극제가 되어 그의 속에 있던 음탕한 마음에 불을 지폈다. 옷 사이로 손을 밀어 넣은 그가 브래지어째 가슴을 움켜쥐었다.

하지만 숨을 쉴 틈도 주지 않은 채 밀어붙이는 그 때문에 정신을 차리지 못하고 있는 수현은 이조차 눈치채지 못한 모습이었다.

털썩.

그의 손길 한 번에 소파에 누운 수현은 내리찍듯 맞춰 오는 입술에 눈을 감았다. 그는 마치 그녀의 모든 것을 집어삼키고 싶은 것처럼 거칠게 굴었다.

입술이 부풀어 오를 만큼 씹고 뜯던 그의 거친 숨결이 어느새 목덜미로 향한 후 살결을 잘근잘근 씹고 있었다.

하얀 도화지 같은 피부에 자잘하게 제 흔적을 남기던 그가 혀를 미끄러뜨리며 욕망에 파들파들 떨리는 허벅지 위를 지분거렸다.

"아, 아!"

그가 주는 쾌락에 몸을 떨며 허리를 비틀던 수현이 신음을 내뱉었다. 혀의 놀림은 마치 뱀의 것과 같았다. 사과를 먹으라며 이브를 유혹했던 것처럼 달콤한 속삭임을 그녀의 몸에 불어 넣는다.

게슴츠레 뜬 눈으로 천장을 보던 그녀는 속옷이 벗겨지고 샘처럼 액이 고인 여성을 힘껏 빨아들이는 입술에 작은 고통을 내뱉었다. 하지만 곧이어 닥치는 열락에 젖어 그에게 자신의 모든 것을 내맡겼다.

츄릅!

혀로 여성을 힘껏 핥고 액을 빨아들이는 소리에 수현의 허리가 들썩였다. 강한 쾌감이 등줄기를 타고 온몸으로 퍼져 나갔고, 정신은 까마득하게 멀어졌다.

아랫배가 간질간질해 더 이상 참기 힘들자 수현은 자신의 여성을 게걸스레 핥고 있는 강욱의 머리카락에 차갑게 식은 손가락을 묻었다.

그녀는 자신을 향한 짙은 시선에 작게 고개를 저었다.

"거칠어, 너무."

"……."

남자의 눈동자가 힘없이 흔들렸다. 자신의 손길 아래에서
엉망이 된 그녀의 모습을 보며. 그녀의 눈동자가 '너 이상해'
라고 말하자 그제야 평정심을 찾은 것인지 그가 상체를 일으
켰다.

"도망 못 가."

"뭐?"

"이젠 어쩔 수가 없다고."

이를 짓기며 말한 강욱은 입고 있던 티셔츠를 벗어 던진
후 뜨거운 몸으로 수현을 내리눌렀다. 손을 든 그가 어느새
땀으로 젖어 든 수현의 이마를 다정하게 쓰다듬었다.

"이젠 늦었어."

"무슨……."

그녀는 이해하지 못하겠다는 듯 물음을 던지려고 했다. 하
지만 곧 여성 안을 파고드는 손가락에 숨을 허덕거리며 고개
를 옆으로 돌렸다.

부끄러움에 붉어진 수현의 얼굴을 내려다보는 그의 얼굴이
찌푸려졌다. 그는 포기를 모르는 남자였다. 집요해지면 세상
그 누구보다도 집요해질 수 있었고, 원하는 것이 있다면 무슨
수를 써서든 얻어야 했다.

그런 그가 눈앞에서 모래알처럼 빠져나가려는 그녀의 모습을 보며 괴로운 표정을 지었다. 자신감이 없었다. 이 여자를 진짜 내 옆에 세워 둘 수 있을까, 생각해 보면.

그가 자신이 남긴 흔적으로 엉망이 된 수현의 가슴과 목덜미를 보며 읊조렸다.

"후회해도 늦었다고."

"하아……!"

누구를 향한 것인지 모를 말. 지독하게 낮고 울림 있는 목소리로 중얼거린 그는 수현의 모습을 하나도 놓치지 않으려 애를 썼다.

자신의 아래서 노곤하게 녹는 수현을 보며 손가락을 여성 안으로 밀어 넣었다. 손가락 마디마디를 꽉 조이는 느낌에 그의 입술에서 옅은 신음이 흘러나왔다.

욕망은 무섭다. 쾌감 또한 무섭다. 하지만 이제껏 자신이 느껴 왔던 것보다 더 완벽한 걸 느낄 수 있다는 생각이 들었을 때, 남자들은 집요해진다.

갈증, 그는 아직도 수현을 보면 갈증을 느꼈다.

찰박찰박!

힘차게 움직이는 손가락에 의해 마찰한 액이 그의 손가락을 적셨다. 이미 모든 준비를 끝냈다는 여성의 신호에 그는 팬티를 벗은 후 그녀의 안으로 남성을 깊게 묻었다.

첫 관계와는 달리, 그는 피임을 하지 않았다.

힘없이 늘어져 있던 수현이 이불을 걷고 자리에서 일어났다. 사타구니가 쓰려 미간을 찌푸린 수현은 머리를 괴고 자신을 바라보고 있던 강욱을 힘껏 노려보며 인상을 찌푸렸다.

"정도를 모르는구나, 너."

이렇게 무지막지하다니.

처음의 관계에서도 알아차렸지만 그는 닳지 않는 건전지처럼 만족할 때까지 자신을 힘껏 가졌다.

처음엔 기력이 쇠해 기절해 버렸지만 오늘은 집으로 돌아가야 했기에 눈을 부릅뜨고 몰려오는 잠을 물리려 했다.

순심이가 기다리겠지? 아직은 집에 적응을 하지 못했기에 되도록 오랜 시간 관찰을 해 주어야 했다.

수현은 어정쩡하게 자리에서 일어났다.

"정도라니?"

그때 뒤늦은 물음이 흘러나왔다. 동시에 손을 뻗어 다시 그녀를 자리에 앉힌 그는 빨갛게 달아오른 사타구니를 혀로 핥으며 속삭였다.

"난 아직도 모자란데."

"제발, 그만해 달라고 애원을 몇 번이나……. 다리가 아직도 부들부들 떨려."

"그래서 당신은 만족한다는 거지?"

"……."

할 말을 잃고 그의 모습을 보던 그녀가 깊게 한숨을 내뱉었다. 말해 뭣하랴, 입만 아픈데. 그리고 실제로도 그가 한 말에 딱히 반박을 할 수가 없었으니 그녀가 할 수 있는 건 자리에서 일어나 욕실로 향하는 것뿐이었다.

수현이 막 욕실 문손잡이를 잡았을 때였다. 여전히 침대에 누워 매끄러운 곡선의 여체를 보고 있던 강욱이 아무렇지도 않은 척 무심한 어투로 물었다.

"자고 가지?"

"왜?"

원했던 답 대신 의문이 들려오자 강욱이 몸을 일으켰다. 뭐라고 말을 내뱉을 줄 알았던 입술이 굳게 닫혀만 있자 그녀가 그의 표정을 살폈다.

이불은 아슬아슬하게 그의 하체를 가리고 있었고, 짓는 표정 또한 묘하게 퇴폐적이어서 순간 그녀는 침을 꼴딱 삼켰다.

평소와 다른 점을 딱히 찾을 수 없을 만큼 평온해 보였지만 검은 눈동자가 흔들리는 것을 보아하니 하고 싶은 말이 있는 것 같았다.

수현은 그의 입술이 열리길 기다렸고, 강욱은 그녀가 자신이 원하는 답을 해 주길 기다렸다. 팽팽한 줄다리기가 이어졌고, 결국 진 것은 강욱이었다. 그는 수현의 눈동자를 똑바로 마주하며 요구했다.

"침대를 함께하자고 했던 건 단순히 섹스만 나누자는 건 아니었어."

그 말은 마치 두 사람이 '단순한' 섹스만을 나누고 있다는 것처럼 들려왔다.

지끈, 가슴이 아팠지만 왜 자신의 가슴이 아픈지 몰랐던 수현은 얼굴색 하나 바뀌지 않은 채 답했다. 그가 가장 원하지 않았던 말로.

"집에 들어가 봐야 해."

"자고 가. 그랬으면 좋겠어."

"왜?"

물음에도 강욱은 그저 그녀의 입에서 '자고 갈게'라는 말이 나오기를 기다렸다.

또다시 어색한 침묵이 흘렀다. 평소와는 너무나 다른 강욱의 모습에 그녀의 얼굴이 사정없이 구겨졌다.

"이강욱."

강렬히 그를 쏘아보던 그녀는, 자신과 마찬가지로 속을 들여다볼 수 없을 정도로 무표정하고 감각을 잃은 듯한 모습에 눈살을 찌푸렸다.

왜 저러지? 자신이 모르는 사이에 뭔가 실수라도 한 것일까?

아무리 생각을 해 보아도 딱히 짚이는 점은 없었다. 그냥 최근의 그가 예전과 너무 다르다는 것, 뭔가 기분이 상한 것 같다는 느낌만 들 뿐.

강욱은 아무런 말도 하지 않는다. 설명도 없이 그저 자신의 마음을 알아주길 바란다. 뭔가를 해 주길 원한다면 그 이유를 말해야 했다. 내가 지금 이러하니 너도 이렇게 해 주었으면 한다고.

하지만 집으로 돌아가야 한다는 말에 강욱은 무작정 자고 가라고만 하고 있었다. 아무런 설명도 없이.

"너 지금 엄청 유치해."

"뭐가?"

"내가 곤란해하는 거 안 보여?"

"……."

입을 꾹 다문 채 아무런 대답도 하지 않는 그를 보자 수현의 가슴이 크게 들썩였다. 씻고 가려고 했으나 이런 기분으로는 여기에 더 있고 싶지가 않았다. 찝찝하더라도 차라리 집에 가서 씻는 편이 나았다.

성큼성큼 걸음을 옮긴 수현은 바닥에 떨어져 있던 속옷과 옷을 주워 입은 후 자신을 바라보는 강욱을 향해 무심히 말했다.

"잠은 집에서 잘래."

차가운 냉기를 뿜던 수현이 망설임 없이 뒤돌아섰다.

쾅.

집을 나서는 그녀의 모습을 가만히 보고만 있던 그가 침대에 털썩 누웠다. 그리고 뜨끈뜨끈 열이 오르는 눈두덩을 팔뚝으로 지그시 눌렀다.

"젠장."

사람의 감정은 재단할 수 없다. 처음부터 그는 그녀를 가지고 싶다고만 생각했다. 왜, 라는 의문에는 답을 내리지 않은 채.

그녀의 옆에서 계산기를 두드렸던 날이 생각났다. 그리고 자신을 향해 처음으로 크게 웃어 줬던 모습도 떠올랐다.

"뭐가 이렇게 어려운 건지."

어려운 일일수록 쉽게 생각해야 그 길이 보인다고 믿었다. 하지만 그녀만 생각하면 단순했던 것들도 수많은 생각과 오해가 뒤섞여 눈을 가린다.

이러한 경험이 처음인 그는 당황했고, 뜻과는 전혀 다른 방향으로 흘러가는 관계에 시큰거리는 심장을 느끼며 눈을 감았다.

좋아하는데, 시간이 얼마 남지 않았는데 어떻게 해야 할지를 몰랐다. 어떻게든 그녀에게 자신의 진짜 모습을 솔직하게 고백하고 밝혀야 하는데…….

거기까지 생각을 이어 가던 강욱이 자리에서 벌떡 일어났다. 바닥에 떨어져 있던 옷을 꿰어 입은 그는 서둘러 밖으로 뛰어나갔다.

엘리베이터는 어느새 5층에서 4층으로 점차 숫자가 줄어들고 있었다. 얼굴을 종잇장처럼 일그러뜨린 그는 비상계단을 뛰어 내려가 길가에서 택시를 기다리고 있는 수현에게로 달려갔다.

그녀의 어깨를 붙잡은 그가 거칠어진 목소리로 말했다.

"나 지금 조금 후회하고 있는데."

그래, 이야기를 해야 했다. 우선은 제 감정부터. 그리고 왜 자신을 집에 들이지 않았는지, 왜 자신은 당신에게 일순위가 될 수 없는지 모조리 물어보아야 했다.

수현은 말없이 그의 얼굴만 올려다보았다. 말도 안 되게 허술한 일상을 살면서 일에만 열심인 여자가 처음으로 화를 내는 모습에 그의 심장이 쪼그라들었다.

"철이 들지 않았던 거."

그래, 자신의 마음도 말하지 않은 채 상대가 무조건 알아주길 바라는 것. 이런 생각을 하는 게 '아이'가 아니고 뭐란 말인가.

그가 어설프게 웃자 수현의 고개가 옆으로 기울어졌다.

"……하고 싶은 말이 뭐야?"

"그 남자가 집으로 찾아왔었어."

"뭐?"

그의 말에 수현의 눈이 동그랗게 변했다. 이름 대신 '그 남자'란 말로도 모든 것이 이해되었기 때문이다.

"그러니까 더 잊히지 않더라고. 너에게 들었던 과거들이."

그의 말에 수현의 눈망울이 흔들렸다. 지금 털어놓으면 신경 쓰지 않겠다고 했던 말이 떠올랐지만 따져 묻지는 않았다. 반대의 경우를 생각해 보면 그의 마음이 충분히 이해되었으니까.

"내가 말을 하라고 해 놓고 이러는 거, 치졸한 거 아는데 나도 이번에 깨달았어."

강욱은 잠시 숨을 크게 들이마신 후 흔들림 없이 말을 이었다.

"내가 감정 처리에 아주 미숙한 인간이란 걸."

최근 들어 성급해 보이고, 항상 뭔가를 갈구하던 모습을 떠올린 수현이 피식 웃음을 내뱉었다.

"장족의 발전이네."

그걸 깨달았다니. 엉덩이라도 토닥여 줘야 하나?

장난스런 말에 굳어 있던 강욱의 얼굴이 느슨하게 풀렸다.

혹여 그녀가 이대로 돌아가 버리는 것은 아닐까, 걱정했던 것들이 사라지자 예전처럼 여유로운 모습을 되찾은 그가 오만방자한 표정으로 돌아가 시선을 내리깐다.

"솔직히 말해 주지. 방금 내가 깨달은 감정인데, 지금 이야기 안 하면 내일부터 당신이 날 상대해 주지 않을 것 같아서."

하지만 목소리에는 감정이 가득했다. 그래서 그녀는 한 발자국 물러서 그를 똑바로 마주했다. 멀리서 보아야 비로소 보이는 것들도 있었으니까.

"당신의 열정을 봤어. 그리고 그 열정이 오롯이 나를 향하면 어떨까, 생각했어."

"열정?"

"그래, 일에 대한 열정. 책임감 강한 모습에 속으론 멍청하다고 생각했지만, 내 인생이 꽤 허술했다는 것을 깨달았지. 엉망진창으로 살고 있는 건 당신이었는데도."

"하고 싶은 말이 뭐야?"

입꼬리를 부드럽게 끌어 올린 그녀가 물었다. 그가 자신의 감정을 솔직히 터놓으면서 하고 싶은 말이 무엇인지.

이에 그는 잠시의 망설임도 없이 자신이 하고 싶고, 묻고 싶었던 모든 것들을 털어놓았다.

"단순히 침대만 나눈 사이라고 말할 거야?"

그녀의 표정은 그렇다고 말하고 있었다. 이를 그도 파악했는지 여전히 불안한 눈동자로 물었다.

"난 꽤 자존감이 높은 사람이었는데, 지금은 솔직히 잘 모르겠어."

"지금 나랑…… 뭐하자는 거야?"

"연애."

수현의 눈이 크게 떠졌다. 그리고 슬며시 웃는 그의 모습에 얼굴을 붉힌다.

"진짜 연애, 그걸 하자고."

진짜 연애? 진짜 연애는 뭐고 가짜 연애는 뭔데?

자신의 기준에선 없는 분류였기에 혼란스러웠던 수현은 곧바로 답을 해 주지 못한 채 멍하니 그의 모습만 올려다보았다. 이에 그는 자신만만한 어투로 구애를 했다.

"받은 건 되돌려 주는 성격이라고 했지?"

"그런데?"

"내가 받은 걸 되돌려 주려고. 당신의 자존감도 나처럼 낮춰 주지."

"하, 하하……!"

작았던 웃음이 점차 커졌다. 무시무시한 화술로 자신을 설득하는 그의 모습에.

점차 커져 가는 웃음은 길을 지나가던 사람들의 시선을 끌수 있을 정도였지만 수현도, 강욱도 이를 알아차리지 못한 채서로만을 바라보고 있었다.

수현은 눈가의 눈물을 닦아 내며 여전히 웃음기 가득한 목소리로 말했다.

"궤변인 거 알지?"

"물론."

무심한 표정으로 고개를 끄덕이는 모습에 수현이 졌다는 듯 고개를 끄덕였다. 이제야 이강욱다웠다. 자신만만하고 오만방자하며 자신밖에 모르는, 천상천하 유아독존.

평소 그의 모습을 보자 그녀는 안도한 것인지 작게 한숨을 내뱉으며 손목시계를 보았다. 벌써 시간은 새벽 두 시를 넘어가고 있었다.

"하아, 좋아. 일단은 집에 가야 해."

"왜?"

그의 물음에 수현은 망설임도 없이 말했다.

"⋯⋯동생이 고양이를 맡겼어."

"뭐?"

"고양이요, 고양이. 야옹~ 하는 고양이."

"⋯⋯."

말문이 막힌 듯 그가 멍한 얼굴로 수현을 보았다.

"그럼 지난번에 집에 못 들어가게 한 건?"

225

"아, 아침에 데리러 왔을 때? 동생이 맡긴 고양이가 사람을 무척 싫어하거든. 그래서 올라오면 곤란했어."

"……."

별것 아닌 이유에 강욱이 자리에서 비틀거렸다.

뭐야, 뭐야, 이게 뭐야!

소리 없는 비명을 내지른 그가 눈살을 찌푸렸다.

"지금 내가 무척 멍청한 인간처럼 느껴지는 거 알아?"

그렇게 말한 강욱이 힘없이 웃었다.

"그걸 이제야 알았어?"

저 멀리서 다가오는 택시를 보며 수현이 어깨를 으쓱였다. 이젠 정말 헤어져야 할 시간이었다. 그러니 서둘러 이 남자가 오해하고 있는 한 가지 부분을 풀어 주어야 했다.

수현은 한 걸음 그에게 다가가 어깨에 손을 얹었다. 그 모습은 마치 친한 벗이 충고를 해 주는 것 같았다.

"한 가지 가르쳐 줄까?"

"뭐?"

그의 물음에 수현은 어깨를 두어 번 토닥였다.

툭, 툭. 이보게나, 정신 차려. 마치 그렇게.

"난 마음에도 없는 사람이랑 잘 만큼 엉덩이 가벼운 여자가 아니야."

강욱의 눈이 동그랗게 떠졌다. 이제야 그의 오해가 풀린 것 같아 수현은 어깨를 으쓱인 후 도로를 향해 손을 저었다.

그녀의 뒷모습을 보던 강욱이 성큼성큼 걸음을 옮겼다. 그리고 뒤에서 그녀를 안으며 어깨에 얼굴을 묻었다.

"진짜 짜증나는 여자야."

날 이렇게까지 쥐락펴락하다니.

✦　　✦　　✦

탁탁탁, 가벼운 걸음을 옮기던 수현은 아파트 앞에 세워져 있는 익숙한 차에 걸음을 멈췄다. 차에 비스듬히 기대 서 있던 강욱도 그녀를 발견한 것인지 허리를 곧추세우며 매력적으로 웃는다.

그의 모습을 보고서야 수현은 지난밤 일이 꿈이 아닌 걸 깨달았다.

"받아 줄 거지?"

택시에 오르기 전 그가 물었다. 제법 간절하게. 그 모습에 그녀는 고개를 끄덕일 수밖에 없었다.

처음엔 왜 그런 이야기를 하나 싶었으나, 그에겐 확신이 필요했던 거다. 그리고 그 확인 과정에서, 그녀는 웃고 있는 저 남자의 무시무시한 마수에 걸려들었다는 걸 다시 한 번 깨달았다.

그 새벽에 집으로 찾아가다니. 예전의 나라면 절대 할 수 없는 일이지.

227

연애에 학을 뗀 자신이 남자의 상태가 조금 이상하다는 이유로 직접 발걸음을 하다니. 자신의 마음 또한 뻔하지 않은가.

그의 물음에 수현은 고개를 끄덕였고, 길거리에서 뜨거운 키스를 나누었다.

수현은 강욱에게 다가갈수록 어깨가 좁아지고 부끄러운 마음이 들었으나 그의 앞에 정확히 멈춰 선 후 고개를 들어 눈을 마주했다.

"언제 왔어?"

"흠, 20분 전에?"

짧게 답을 한 그는 동그란 이마를 가리고 있던 머리카락을 위로 올린 후 거침없이 입을 맞췄다.

"이건 오래 기다리게 한 선물. 가자."

멍한 그녀의 모습에 그가 피식 웃음을 내뱉었다.

"까, 깜짝이야……."

"가슴이 뛰지?"

수현이 고개를 끄덕이자 그가 어깨를 으쓱였다.

"이렇게 멋있는 남자가 보자마자 뽀뽀를 해 주는데 당연하지."

장난스럽게 말한 그가 키득키득 웃은 후 보조석 문을 열어 주자 수현은 강욱의 얼굴을 힐끗 바라본 후 차에 올라탔다.

보닛을 돌아 운전석에 오르는 그의 모습을 보던 수현은 잠시 어떤 말을 해야 할지 몰라 망설였다. 어제까지만 해도 이 남자와 대화를 나누는 것이 아무렇지 않았는데, 지금은 어렵게만 느껴졌다.

"왜 그렇게 봐?"

"아, 아니야."

도리도리 고개를 저은 수현은 이내 무언가를 깨닫고 행동을 멈췄다. 구두 속에 숨어 있는 발가락이 오므라들었고, 몸은 뻣뻣하게 굳었다.

그의 숨소리까지 들을 수 있을 정도로 귀가 쫑긋 세워지는 한편, 그의 모습을 바라볼 수는 없었다.

"나 지금 무척 부끄러운 것 같은데?"

"왜?"

"몰라. 갑자기 너랑 있으니까 부끄럽다?"

그녀의 말에 강욱은 핸들을 돌리다 말고 멍하니 수현의 모습을 보았다. 수현은 차마 그와 시선을 마주치지 못하겠다는 듯 앞만 멀뚱멀뚱 보고 있었다.

"하."

짧게 한숨을 뱉은 강욱은 손을 들어 수현의 머리를 쓰다듬었다. 그리고 웃음이 역력히 묻어나는 목소리로 말했다.

"너 진짜 사람 미치게 하는 데 뭐 있다."

"내가 뭘?"

"귀엽다고."

"어?"

앞을 향해 있던 수현의 고개가 옆으로 확 돌아갔다. 둘의 시선이 정면으로 마주한다.

"귀여워 미치겠다고."

입꼬리를 늘어뜨리며 웃는 모습에 수현이 눈을 깜빡였다. 천천히 다가오는 그의 얼굴에도, 가벼운 입맞춤에도.

수현이 커다란 눈을 깜빡이고만 있자 강욱은 부드럽게 핸들을 돌리며 도로 위를 달리기 시작한다.

"아주 진하게 맞춰 주고 싶은데 지각할 것 같으니까 지금은 여기까지만 하자."

"지금은?"

"그래. 퇴근 후에 나머지 하자고. 오늘 퇴근 후에 시간 괜찮지?"

그의 물음에 수현은 안 된다고 고개를 내저어야 할 것 같은 기분이 들었다. 하지만 짧게 '그래'라고 대답을 한 뒤 차창 밖을 보았다.

차 안엔 잔잔한 클래식 음악이 흘러나오고 있었다. 그쪽으로는 큰 관심이 없는 그녀의 귀에도 익은 것을 보니 유명한 곡인 듯했다.

수현은 최대한 귀를 쫑긋 세우고, 갑작스레 의식되기 시작한 강욱에게로 고개를 돌리지 않기 위해 몸에 빳빳하게 힘을 줘야 했다. 그리고 얼마의 시간이 흐른 뒤 저 멀리 보이는 지하철역을 손가락으로 가리키며 말했다.

"저기서 세워 줘."

"왜? 출근하기 전에 어디 들를 때 있어?"

"아니."

끼이익!

갓길에 차를 세운 강욱은 옆으로 몸을 틀어 수현의 얼굴을 빤히 보았다.

"회사에 숨길 생각이야? 난 싫은데."

무감각한 목소리는 그가 얼마나 화가 났는지 알려 주었다.

하지만 그녀는 이번엔 당장 그의 물음에 답을 내놓을 수가 없었다. 사내 연애란 그렇게 가볍게 밝힐 만한 일이 아니었기 때문이었다.

안전벨트를 맨 그녀는 출발할 생각도 하지 않고 비상 깜빡이를 켜는 강욱의 옆모습을 보았다. 이야기는 생각보다 길어질 것 같았다.

"넌 사내 연애가 얼마나 피곤하고 짜증나는 일인지 모르지?"

신입 사원이니 알 턱이 없지.

그녀의 눈초리가 그렇게 말하는 것 같았다. 그러한 기색을 모를 리가 없는 강욱은 어디 한번 계속 말해 보라는 듯 수현을 보았다.

"만나고 있는 사람에게 과거의 이야기는 하고 싶지 않은데, 사내 연애, 그거 꽤 무서워. 헤어지면 어떻게 할 거야? 이 사회가 아무리 남성 우월 중심이라고 할지라도 신입 사원이 팀장과 연애하는 건 그리 간단한 문제가 아니……."

"날 믿지 못하네."

강욱이 수현의 말을 댕강 잘라 냈다. 그의 눈빛은 어느새 날카로이 변해 있었다.

"헤어질 생각부터 하려면 차라리 만나지 않는 게 좋지 않을까?"

"뭐?"

벌어진 입이 다물어지지 않아 수현은 한참이고 멍청한 얼굴로 그를 바라보아야 했다. 그런 수현의 모습이 마음에 들지 않는지, 그는 방금 전보다 더 무심하고 냉혹한 모습으로 말을 내뱉었다.

"만약 당신이 아직 우리가 만난 지 얼마 되지 않았으니까 조금 더 시일이 흐른 후에 알리자, 라고 했으면 내가 이렇게 화가 나지는 않았을 것 같은데…… 지금은 조금 화가 나네."

진중하게 말하는 그의 모습을 보자 수현은 그때서야 아차 싶었다. 하지만 그는 이미 생각의 결론을 내린 것인지 흔들림 없는 시선으로 그녀를 보고 있었다.

조금…… 상처 받은 걸까?

강욱의 눈을 마주하던 그녀의 입술이 달싹일 때였다.

"진지하게 생각해 보란 말이야. 끝을 정해 놓은 관계가 잘 될 턱이 없잖아."

그렇게 말하는 강욱은 왠지 모르게 씁쓸해 보였다. 눈빛도, 목소리도, 표정도, 전혀 흐트러짐이 없는데 말이다.

"좋아, 그럼 비밀로 하자고. 그래야 마음이 편하다면."

"……."

"나도 만들어 놓을게, 당신처럼."

그의 말에 수현은 얼떨떨한 얼굴로 물었다.

"뭘 만들어?"

"도망갈 구멍."

망설임 없이 나온 답에 수현은 순간 가슴이 지끈거려 손을 얹었다. 그리고 가슴 언저리를 손바닥으로 꾹 누르며 미간을 찌푸렸다.

"도망갈 구멍?"

"그래."

"⋯⋯."

"가벼운 연애가 좋다면 그렇게 해 주겠다고."

그렇게 말한 강욱은 웃었다. 그 웃음이 마치 '잘됐네'라고 말하는 것 같았다.

수현이 아무런 말도 하지 못하자 강욱의 입에서 깊은 한숨이 흘러나왔다. 그리고 한참이나 정면을 주시하며 생각에 잠긴다.

얼마의 시간이 흘렀을까. 무거운 침묵을 깨뜨리고 그가 말했다.

"신입 사원의 패기 정도로 해 두자, 오늘은."

시니컬하게 웃는 그의 모습에 수현이 입을 꾹 다물었다.

'어쩜 그렇게 세상을 모르니!'라고 소리를 쳐 주고 싶다가도 일정 부분 동감하는 바가 있어 입술을 굳게 다물고 있을 수밖에 없었다.

하지만 그는 그녀의 입술이 열리길 집요하게 기다렸다.

"난 단지…… 잘 모르겠어."

"뭘?"

"무서워. 너한테선 무서운 냄새가 난단 말이지."

"뭐? 무서운 냄새?"

이건 또 무슨 소리냐는 듯 강욱이 미간을 찌푸렸다.

"나쁜 남자."

짧은 답에 그의 얼굴이 와자작 일그러졌다.

뭐? 나쁜 남자? 그가 지난밤에 했던 뜨거운 고백은 무엇이며, 달콤했던 키스는 무엇이었단 말인가!

그의 얼굴이 붉으락푸르락 변했다. 하지만 곧 수현의 눈망울에 맺힌 불안감을 읽어 내곤 굳혔던 인상을 부드럽게 풀었다.

그래, 이 여자의 불안감을 자신 역시 가지고 있다. 가장 중요한 부분을 아직 털어놓지 못했으니까. 이 문제에 대해선 수현에게 자신의 상황을 모두 설명한 뒤에 다시 한 번 생각해 보아도 늦지 않았다.

그는 점점 아래로 꺼져 가는 수현의 턱을 검지로 받쳐 올리고는 입술을 비틀며 웃었다.

"그 나쁜 남자가 한 여자만 볼 때 얼마나 독해지고 집요해지는 줄 알아?"

호흡이 닿을 정도로 가까운 거리에서 입술을 멈춘 그가 다시 한 번 속삭이듯 말했다.

"반항하면 집요한 계략을 꾸밀 수도 있어."

수현의 입술을 단숨에 집어삼킨 강욱은 딸기맛 립스틱을 실컷 맛보고 핥은 후에야 그녀를 놓아주었다.

코끝이 닿고, 서로의 눈이 마주치는 거리. 그는 거친 숨을 토해 내는 수현을 보며 미소 짓는다.

"나 무지하게 집요해."

"말하지 않아도 돼. 다 알 것 같으니까."

정신이 아득해질 만큼 달콤하고 혀가 뽑힐 만큼 거친 느낌을 주던 방금 전의 키스를 떠올리며 그녀가 입술을 일그러뜨리자, 그가 동그란 수현의 이마에 제 이마를 가져다 대며 눈을 감았다.

"오늘 저녁에 다시 이야기하자."

"화…… 안 났지?"

자신을 보며 새삼 부끄럽다는 여자. 그리고 제 기분을 살피는 조심스러운 목소리. 그것만으로도 강욱의 입꼬리가 말려 올라간다.

"내가 화낼 군번은 아니지."

✢　　　✢　　　✢

결국 따로 출근을 하게 된 강욱은 자신이 도착하고 10분이 지나지 않아 사무실로 들어온 수현에게 깍듯하게 인사를 건넨 후 그녀 쪽으론 눈길도 주지 않았다.

그로 인해 불안한 시선이 와 닿는 것을 느꼈으나 하루 종일 엉덩이를 의자에 붙일 수 없을 정도로 바빴던 강욱은 본의 아니게 그녀에게 심술을 부리게 됐다.

자신이 자리에 앉자마자 모니터로 시선을 돌리는 수현의 모습이 사람들 사이로 보였으나, 곧 다가오는 미연 때문에 그녀의 메시지는 도착하지 못했다.

미연은 두꺼운 서류철 하나를 내밀며 허리를 숙여 중요한 부분을 붉은 펜으로 쭉쭉 그었다.

"아, 강욱 씨. 이번 주 제주도 출장 건이요."

"네."

"뮤 디자인에서 담당자가 나오긴 할 텐데, 땅값이 많이 올라서 말이죠."

미연의 설명을 노트에 꼼꼼하게 기록하던 강욱은 제 뒤통수에 닿는 따가운 시선을 느끼며 부드럽게 웃음 지었다. 그러자 조잘조잘 이야기를 늘어놓던 미연이 묻는다.

"왜 웃어요?"

"아닙니다."

"이야, 그래도 강욱 씨 웃으니까 정말 멋있네. 자주자주 웃어 줘요. 여직원들 죄다 까무러치게."

장난스러운 말에 강욱 역시 가볍게 고개를 끄덕였다.

과연 다음 주에도 자신에게 웃어 달라고 이야기를 할 수 있을까? 아마 다음 주가 되면 여직원뿐만 아니라 사내에 있는 모든 직원이 자신 때문에 까무러치겠지.

지시 사항을 모두 메모한 뒤 휴대전화를 들고 밖으로 나온 그는 빠르게 손가락을 놀려 문자를 썼다.

〈다음 주에 태훈 디자인과 관련되어 감사팀을 꾸려 주십시오.〉

저장을 해 놓지 않은 번호로 문자를 보낸 그가 비상구 문을 열고 안으로 들어간 후 주머니에 휴대전화를 넣었다. 그리고 벽에 비스듬히 등을 기댄 후 눈을 감았다. 부드럽게 말려 올라간 입술은 즐거워 보였다.

팔짱을 낀 채 손가락을 까딱이며 제 팔뚝을 두드리던 강욱은 얼마 지나지 않아 문이 열리자 허리를 똑바로 폈다. 그리고 얇은 팔뚝을 잡아 자신 쪽으로 확 끌어들이며 개구지게 웃었다.

"왁! 깜짝이야!"

비명을 내지른 수현은 어느새 그의 품속에 들어가 있는 자신의 모습에 불퉁한 표정을 지었다.

"신입 사원이 자리를 비워?"

자신을 단 한 번도 돌아봐 주지 않은 강욱에게 심술이 난 것일까, 수현이 입술을 뾰족하게 내밀며 투덜거렸다.

허리를 감싼 손에 힘을 준 강욱은 여체를 부드럽게 끌어안은 후 뺨을 커다란 손으로 부드럽게 감싸 쥐었다.

"죄송합니다, 팀장님."

"알면 앞으로 조심……."

쪽.

소리 내어 짧게 입을 맞춘 그는 얼이 빠진 얼굴로 자신을 올려다보는 수현을 보며 쓸쓸한 웃음을 지었다.

"인사고과 점수, 잘 주십시오. 다음엔 절대 이런 일 없도록 할 테니까."

이제 그녀와 이런 연애도 끝이다.

✦　　　✦　　　✦

퇴근 후 두 사람은 오늘도 007 작전 뺨치도록 은밀한 작전을 수행해야 했다.

회사에서 차로 30분이나 떨어진 곳에서 다시 만나기로 한 그녀는 자신의 앞에 부드럽게 멈춰 서는 차량을 보았다. 완벽하게 선탠이 되어 있는 차는 안에서 무슨 일이 일어나도 모를 것 같았다.

안을 모두 가리고 있던 창문이 소리 없이 내려가고 운전석에 있던 강욱이 허리를 숙여 말했다.

"타."

짧은 말에 수현은 보조석 문을 열고 차에 올랐다. 하루 종일 눈을 마주할 수 없었던 강욱을 보자마자 가슴께를 손바닥으로 지그시 눌렀다.

이 속에서 1분 1초가 느리게 느껴질 정도로 많은 것들이 순식간에 변하고 있었다. 그 변화가 당황스러우면서도 수현은 즐거웠다. 서른넷의 나이에 일 말고도 소중한 것이 생겨 버렸으니까.

이런 변화는 나이가 들수록 가지기 힘든 기회이며 어려운 감정이란 것을 너무나 잘 알고 있었다.

조금은 벅찬 숨을 뱉은 수현은 전방을 주시하며 운전을 하고 있는 강욱을 힐끗 보다 물었다.

"어디로 갈 거야?"

"내 집으로."

"집?"

"어."

짧은 답에 수현의 고개가 옆으로 기울어졌다.

"조용히 이야기 나누고 싶어서."

물론 그들에겐 나누어야 할 이야기가 산더미처럼 쌓여 있었다.

그와 자신은 사소한 것 하나까지 모두 달랐다. 비슷한 것을 찾아보려야 찾을 수 없는 두 사람이었기에 많은 것을 맞춰 나가고 서로에 대해 알아야 했다. 생각의 극은 성격의 극만큼이나 중요한 문제니까.

수현은 아무 말도 없이 운전에만 집중한 강욱의 옆모습을 힐끔 보다가 차창 밖으로 시선을 돌렸다. 왜 그런 것인지는 모르겠지만 침묵이 마치 자신의 몸을 내리누르는 것 같았다.

회사와 얼마 떨어지지 않은 강욱의 집으로 온 수현은 가방을 소파 위에 내려놓은 채 곧장 부엌으로 들어가는 그의 뒷모습을 눈으로 좇았다.

"커피 마실래?"

"커피?"

"이야기가 길어질 것 같으니까."

어쩐지 조금은 낮게 느껴지는 목소리에 수현은 그러겠다고 답을 했다.

도대체 왜 저러는 거지?

드르륵, 드르륵. 원두가 갈려 나가는 소리를 들으며 수현은 얼떨떨한 얼굴로 소파에 앉았다. 그의 집에 오고 나서 차를 대접받는 건 처음 있는 일이었다.

어쩐지 평소와는 확연히 다른 분위기에 어리둥절해하던 그녀는 그가 건네는 머그컵을 받아 들며 짧게 감사함을 전했다.

"고마워."

맞은편에 앉은 강욱은 커피 맛이 좋을 거라며 권했지만 정작 그 자신은 들고 있던 컵을 테이블 위에 내려놓았다. 커다란 가죽 소파에 등을 기대며 기다란 다리를 꼬는 그의 모습을 보던 수현이 물었다.

"아침에 하던 이야기의 연속이지?"

"음, 그렇다고 할 수 있지."

"난 아침에도 말했지만……."

수현이 말꼬리를 늘이자 강욱은 잠시만 기다려 달라고 말한 뒤 서재로 들어가 서류 봉투 하나를 가져왔다. 그리고 그것을 테이블 위에 내려놓았다.

의아한 눈으로 봉투를 보던 수현이 눈살을 찌푸리며 물었다.

"뭔지 감도 안 잡혀서 무섭기까지 하다."

이강욱은 항상 예상 따윈 가볍게 뛰어넘는 사람이었으니까.

강욱은 진지한 눈으로 수현을 바라본 후 허리를 앞으로 바짝 당겨 그녀의 시선을 끌었다. 한참 굳게 닫혀 있던 그의 입술이 달싹인다.

"말하지 않았던 게 있어."

"뭔데?"

"봉투, 열어 볼래?"

"도대체 뭐길래……."

말끝을 흐린 수현은 진지한 표정으로 자신을 바라보는 눈빛에 한숨을 뱉으며 서류 봉투를 열었다.

그리고 그 속에 들어 있는 수많은 서류를 하나씩 읽으며, 왜 그가 갑자기 자신에게 이걸 내밀었는지 머리를 굴리기 시작했다.

서류는 회사 기밀이었다. 신입 사원인 그가 가지고 있을 수는 없었다.

수현은 뭔가 앞뒤가 맞지 않는 상황에 그를 바라보았다. 강욱은 대답 대신 질문을 던졌다.

"왜 내가 가지고 있을까?"

수현의 눈망울이 사정없이 흔들린다. 그리고 하나둘, 그에게 가졌던 의구심들을 떠올렸다.

신입 사원이라기엔 너무나 정확한 일처리와, 아주 오래 일해 본 사람처럼 굴었던 것, 그리고 수억에 달하는 집의 주인.

단순히 돈을 많이 가지고 있다고만 생각했는데, 그가 내민이 서류를 받아 들자 의문에 대한 답이 조금씩 가닥을 잡아갔다.

그리고 그녀의 생각이 틀리지 않았다는 듯 그가 고저 없는 목소리로 말했다.

"친부가 태용 그룹 이서북 회장이야."

그는 아직도 혼란스러운 눈으로 자신을 바라보는 수현을 향해 계속해서 말을 이었다.

"이번에 이 회장이 날 부르더군. 버려둘 때는 언제고, 이제와 태용 건설 사장직을 맡으라는 거지. 취임하기 전에, 겉으로 보기엔 건실한 태용 건설이 왜 이렇게 자금난에 허덕일까 알아봐야 했어."

신입 사원인 줄 알았던 그가 사실은 태용 건설의 사장이란다. 어디 그뿐인가, 그는 해임된 전 사장이 그녀에게 특별 지시했던 서류까지 들고 있었다.

"해임된 전 사장의 추가 횡령 자료야. 태용 건설 결재권자는 너였고, 태훈 디자인의 결재권자는 고정환 씨지. 그리고 해임된 전 사장이 뮤의 최대주주 자리에 앉자마자 태용은 뮤

와 다시 일하게 되었고."

그가 퍼즐 조각을 하나둘 맞추어 가자 그녀가 고개를 뚝 떨어뜨렸다. 이 상황에서 왜 눈시울이 붉어지는 것일까.

"잠시만."

심장이 덜컥 내려앉아 지끈지끈 아팠다. 툭 건들면 눈물을 쏟을 것 같았고, 사무적인 그의 목소리를 계속 듣고 있다간 감정이 와락 무너질 것 같았다.

손바닥을 편 수현이 서둘러 그의 말을 막으며 고개를 옆으로 돌린다.

"나, 나, 잠시만, 생각할 시간 좀……."

혹시 이 모든 상황이 꿈이 아닐까?

그렇게 생각하던 수현이 비웃음을 내뱉었다. 심장이 이렇게 아픈데 어찌 꿈일 수가 있겠는가. 꿈에선 고통을 느낄 수가 없는데.

그리고 현실감각을 되찾은 순간, 그녀는 방금 전 그가 자신에게 했던 모든 말을 받아들였다.

그는 태용 건설의 사장이다. 대한민국에서도 재계 3위 안에 드는 태용 그룹 회장의 아들. 그리고 그는 현재…… 자신을 의심하고 있다.

몸이 산산이 부서지는 끔찍한 기분에 그녀가 파들파들 떨리는 입술을 악물며 잇새로 말했다.

"지금, 그러니까 날 의심하는 거야?"

"의심했으면 이렇게 말하지도 않았어. 감사팀과 함께 조사실에서 봤겠지."

그의 말에 수현이 조소를 머금었다. 방금 전 그가 한 말을 의심할 생각은 추호도 없다. 자신이 회사의 자금을 횡령했다면 그의 말대로 감사팀과 함께 조사실에서 봤을 테니까.

가슴을 크게 들썩이며 감정을 추스르던 수현은 고개를 들어 강욱과 눈을 마주했다. 방금 전과는 달리 흔들림 없는 표정과 몸짓이었다.

"신입 사원 이강욱이 태용 건설 사장 이강욱으로 돌아가는 건 언젠데? 지금은 아니지?"

그녀의 물음에 강욱이 고개를 끄덕였다.

"다음 주부터 사장으로 출근……."

"그래, 지금은 아니란 말이지."

읊조리듯 말한 수현이 자리에서 일어났다.

"그럼 올려보다가 목이 꺾일 정도로 높으신 양반이 되기 전에 너 좀 맞자."

이를 악물며 말한 수현은 방금 전까지 등을 받치고 있던 쿠션을 집어 든 뒤 그의 얼굴을 사정없이 내려쳤다. 그의 고개가 꺾였지만, 수현은 다시 한 번 쿠션을 내려친 후 씩씩 숨을 내뱉었다.

"나쁜 자식."

"……미안."

그는 어쩔 수 없었다는 변명 대신 사과의 말부터 했다. 그리고 붉어진 눈으로 외치는 그녀의 모습에 얼굴을 일그러뜨렸다.

"믿었어, 처음부터! 그래서 난 그 지리멸렬한 사생활까지 다 말했는데!"

그가 부하 직원이라는 사실을 알았을 때도 그녀는 열어 두었던 마음을 닫지 않았다. 그저 재미있고 다소 황당한 경험을 했다며 그를 마주하고, 보게 되었다.

그런데 그는 그렇지 않았다. 친밀한 사이가 되어서도 엄청난 사실을 숨겼고, 한참이 지난 이제야 말한다.

수현의 눈망울이 불만에 일렁이는 것을 보던 강욱은 자신의 계획을 하나도 숨기지 않은 채 솔직히 말했다.

"말할 수 없었어. 네 마음에 확신이 들 때까진. 도망갈 게 뻔하니까."

"그래도 이건 아니야! 어떻게 이런 사실을 숨겨? 넌 앞으로 내 월급을 줄 상사가 될 텐데!"

그런 사람이랑 어떻게 만나냔 말이야!

그녀가 비명처럼 외쳤다. 괴로움이 덕지덕지 묻은 표정은 끔찍했다.

자신과 눈도 마주치지 않으려 하는 수현의 모습에 강욱이 자리에서 일어났다. 두 사람을 가로막고 있던 테이블을 지나 수현의 어깨를 잡고 제 품으로 끌어당겼다.

"처음엔 호기심이었어. 내 자리로 돌아가기 전까지만 만나면 즐거울 거란 생각을 했다는 사실도 굳이 숨기진 않을게. 그런데 가까이 있으니까 진심이 되어 버렸어. 그래서 순식간에 약자가 되었어. 숨겨야 할 것들도 너에게 모두 말하고, 내 밑바닥까지 박박 긁어서 보여 주고 있어."

"……."

"난 진심이 되면 최선을 다해. 일이든 사랑이든."

그는 지금 자신이 진심이 되었다 말했다. 자신의 모든 것을 내보이며 그녀에게 이 모든 일들에 대한 사과를 건넨다.

미안하다는 말 한마디가 변명 백 마디보다 강렬하게 그녀의 심장을 뒤흔드는 것은 사실이다. 진심으로 부딪혀 오는 남자를 이겨 낼 재간이 없으니까.

하지만 그럼에도 그녀는 그를 쉽게 받아들일 수가 없었다.

"아직도 돈 많은 남자가 싫어?"

"아니."

짧은 답에 굳어 있던 강욱의 얼굴이 순식간에 밝아졌다. 가슴 한켠에 늘 걸리적거리던 고민거리가 순식간에 풀려 버렸다는 듯이.

하지만 곧이어 망설임 없이 나온 답에 얼굴에 핏기가 가셨다.

"하지만 사장은 싫어."

"……."

얼음장처럼 굳어 버린 그가 멍한 얼굴로 수현을 보았다. 그녀는 단단한 그의 가슴을 밀어낸 후 한 걸음 뒤로 물러섰다. 가까웠던 그들의 사이가 또다시 멀어진다. 떨어진 몸만큼, 마음도.

"이 모든 사실을 안 채로 너와 계속 연애를 하면? 이건 사내 연애의 문제가 아니야. 헤어진 뒤엔 내가 태용을 떠날 수밖에 없잖아."

"김수현……."

파르르 떨리는 목소리로 그녀를 부른 강욱은 곧이어 들려온 답에 눈을 질끈 감았다.

"그리고 정말 만약에 너와 잘된다? 그래도 난 태용을 떠날 수밖에 없어."

너보다 일이 더 좋아. 그녀는 그렇게 말했다.

자신의 젊음을 모두 바치고, 아무리 힘들고 괴로운 일이 있다 하더라도 아득바득 다녔던 회사.

태용 건설에 입사한 지 11년이었다. 여자라고 무시하는 사람들에게 인정받기 위해 누구보다 열심히 일했다. 자신의 삶의 대부분이 고스란히 녹아 있는 곳을 떠나긴 싫었다.

하지만, 하지만……

"그런데 이강욱."

짧게 그를 부른 수현은 손을 들어 제 얼굴을 가렸다. 그리고 온몸에 힘이 풀린 듯 자리에 털썩 주저앉았다.

"이렇게 말해야 하는 게 당연한데 왜, 왜……"

난 고민을 하고 있냔 말이다.

작은 울음소리가 들려오자 석상처럼 굳어 수현의 모습을 가만히 내려다보던 강욱이 한쪽 무릎을 꿇고 앉았다. 그리고 동그란 수현의 몸을 끌어안으며 정수리에 입술을 묻었다.

"난 네가 아니면 안 돼."

"잔인해."

"나도 알아."

그의 답에 수현은 결국 커다랗게 울음을 터뜨리며 처음 말을 배우는 아이처럼 더듬거렸다.

"생각할…… 생각할 시간을……."

그녀는 또다시 연인이자 친구인 사람을 만들어 버렸다. 정말 그렇게 해서는 안 될 사람을.

Chapter 6

누구에게나 비밀은 있다

가을비가 추적추적 내렸다.

강욱에게 모든 비밀을 듣고 홀로 길을 걸으며 그녀는 멍하니 생각에 잠겨 있었다.

그 사람이…… 태용 건설의 사장이란다. 그럼 그와 난 어떻게 되는 것일까?

"당신의 열정을 봤어. 그리고 그 열정이 오롯이 나를 향하면 어떨까, 생각했어."

그의 말이 머릿속에서 메아리처럼 울려 퍼졌다. 점차 커져 가는 그의 목소리에 수현의 걸음이 우뚝 멈췄다. 손에 들고 있던 휴대전화가 웅웅 울리자 액정도 확인하지 않고 전화를 받았다.

툭, 투둑. 그러는 사이에도 수현의 눈에선 눈물이 흘렀다.

─언니, 순심이 데리러 갈게. 언니가 연애한다니까 동생된 도리로서 최대한…….

"끝, 났어."

─어?

울음기가 가득한 목소리에 가현은 꽤나 놀란 눈치였다. 아무런 말도 하지 못하는 가현에게 수현은 다시 한 번 힘주어 말했다.

"다 끝났어."

그에겐 엄청난 비밀이 있었다.

그리고,

그녀에게도 그러한 비밀은 있다.

✤   ✤   ✤

사무실에서 두 사람이 다시 조우했을 때 수현은 의식적으로 강욱을 피해 다녔다.

냉랭한 그녀의 모습에 주위 팀원들은 의아해했고, 강욱은 그녀를 붙잡지 못했다.

자신을 보는 복잡한 시선과 마주할 땐 앞으로 뻗어지려는 팔을 겨우 참았다.

그녀에겐 그가 전혀 배제된 채 생각할 시간이 필요했고,

그걸 강욱 자신도 너무나 잘 알고 있었으니까.

결국 월요일 아침이 밝을 때까지 수현에게서 연락을 받지 못한 강욱은 전신 거울에 비치는 자신의 모습을 굳은 얼굴로 보고 있었다.

신입 사원일 때와 때깔부터 다른 슈트는 이제야 주인을 찾은 것처럼 강욱에게 너무나 잘 어울렸다.

늘 바짝 쓸어 올렸던 머리카락을 느슨하게 내린 채 검은 슈트와 어울리는 푸른색 넥타이를 매던 그가 시선을 돌려 휴대전화를 보았다.

스마트폰으로 뉴스에 접속한 그가 헤드 카피를 눈으로 훑었다.

태용 그룹 후계자 이강욱, 태용 건설 사장으로 선임!

지금쯤 회사가 난리가 났겠지.

어두운 시선으로 한참이고 액정을 보던 그의 입술이 열리고 서글픈 목소리가 흘러나온다.

"김수현."

넌 이 기사를 어떤 심정으로 보고 있니? 너의 마음은 어디로 향하고 있니?

그의 눈빛이 어두워졌다.

차에서 내린 강욱은 주루룩 선 임원들이 허리 숙여 인사를 건네자 고개를 숙였다. 앞으로 태용 건설의 주인이자 장차 태용 그룹까지 손에 넣을 그에게 허리를 숙이지 않는 자는 없었다.

당당한 걸음을 옮겨 로비로 간 그는 자신의 얼굴을 보고 속닥거리는 소리를 들으면서도 무감한 표정을 지었다.

저번 주까지만 해도 일 잘하던 신입 사원이 사장으로 나타난 것이 꽤나 쇼킹한 듯, 그들은 한참이나 조잘거리며 이야기를 나눴다.

그중에는 총괄사업부의 김 주임 또한 속해 있었다. 그는 강욱과 시선이 마주치자 창백해진 표정으로 고개를 숙여 버렸다.

참, 며칠 만에 무서운 존재가 되었군.

자리라는 것은 이토록 아이러니했다. 위치만 달라졌을 뿐, 자신은 아무것도 바뀌지 않았는데.

"헉, 진짜잖아?"

"그거 들었어? 신입 사원으로 온 이유, 감사랑 연관이 있다던데?"

좁은 곳에 모여 있으면 소문은 그만큼 빠르게 확산한다. 특히 회사 내에 소문에 민감하지 않은 이는 없었다.

엘리베이터 앞에 멈춰 선 강욱은 버튼을 누르는 차 비서에게 물었다.

"감사는 어떻게 되고 있습니까?"

"고정환, 김수현, 정미연 씨 감사가 진행 중에 있습니다.

사장님께서는 취임식 준비를……."

"감사, 들어가겠습니다."

더 이상 할 말이 없다는 듯 정면을 주시하는 강욱에게 고 갯짓을 한 차 비서는 감사실에 있는 법무팀에게 연락을 취한 뒤 그와 함께 엘리베이터에 올랐다.

✤　　✤　　✤

"팀장님, 전 진짜 아니에요! 믿어 주세요!"

수현은 긴장감에 손가락 끝이 차갑게 식자 양손을 마주 잡 았다. 그리고 자신의 앞에서 눈물짓는 미연을 보며 웃음 지었 다.

"감사를 받으면 다 밝혀질 거야. 우리에게 정말 죄가 있는 지, 없는지."

"그렇지만 벌써 우리를 범죄자 취급하잖아요!"

미연의 말에 수현 또한 일부 동의하며 고개를 끄덕였다.

어디서부터 소문이 새어 나갔는지 출근을 하자마자 닿았던 의심 섞인 눈빛, 혹은 확신에 찬 눈빛을 수현 또한 의식하고 있었으니까.

하지만 그들을 탓할 일도 아니었다. 수현 또한 이번 일의 당사자가 아니었다면 그랬을 테니까.

"팀장님도 개입되어 있으니까 아시잖아요. 이건 저희가 원 해서……."

"정미연 씨."

짧게 미연을 부른 수현은 흔들리는 눈망울을 마주하며 희미하게 웃었다.

"어쩔 수 없다는 말로 우리가 했던 일에 정당성을 줄 수 있을까?"

"당연하죠!"

"그래, 그럴 수도 있겠지. 하지만…… 그렇게 해선 안 되는 거였어."

한숨을 내쉬며 연신 차가운 손을 만지던 수현은 저 멀리서 다가오는 한 남자의 모습에 자리에서 일어났다. 정환이었다.

그는 곧장 수현에게 다가오더니 손을 뻗어 가느다란 팔을 붙잡고 조급해진 마음을 숨기지 않았다.

"수현아, 잠시만 나 좀 봐."

자신의 팔을 잡아끄는 손에 이끌려 가던 수현은 주위에 아무도 없자 그제야 그의 손을 떼어 냈다.

두 사람은 이야기를 할 필요가 있었다. 그 사실을 수현 또한 알고 있었으나 연락을 피했다.

이 남자의 입에서 나올 말을 들으면 자신이 얼마나 흔들릴지 알고 있었기 때문이다.

수현은 다급한 얼굴로 운을 떼는 정환을 무심한 눈으로 보았다.

"왜 전화 안 받았니? 너한테 꼭 해야 할 말이……."

"제가 모르는 일이 있는 건 아니겠죠?"

"……."

"이 일과 당신이 날 만났던 일…… 말이에요."

"미안하다."

그의 말에 수현의 웃음이 더욱 진해진다.

"요즘 나한테 미안하다고 말하는 인간들이 왜 이렇게 많은
지."

"난 그게 아니라……."

"다 사실대로 이야기하려고요. 당신이 이번 일과 관련이 있
고, 나와 만났었다. 생각을 해 보면 당신이 왜 내 곁에 있었는
지 그들이 쉽게 유추할 수 있겠죠."

"수현아, 그럼 너와 난 둘 다 끝이야!"

크게 뜬 눈으로 외치는 정환의 모습에도 수현은 고개를 저
었다.

"벌을 받아야죠, 잘못한 점이 있다면."

"안 돼!"

벼락처럼 내지른 그가 다시 수현의 손목을 움켜쥐었다. 손
이 파들파들 떨릴 정도로 힘껏 잡힌 손목은 아팠다. 하지만
그녀는 떼어 낼 생각을 하지 않은 채 정환의 얼굴을 올려다보
며 웃었다.

"그때의 시간들이 모두 거짓이었다고 깨달으니 머리가 오
히려 맑아지는 기분이에요."

"그게 아니야, 아니라고! 내 말 좀 들어 봐, 난 널 진심으
로……!"

"사랑했다고요?"

수현의 웃음이 더욱 진해졌다. 마치 모든 것을 내려놓은 모습이었다.

"거짓말하지 말아요. 당신은 그저 나의 가장 가까운 곳에 있을 필요가 있었어요. 박 사장님의 일은 사실대로 이야기할 거예요."

"김수현!"

"그 손, 놓지 못하겠습니까?"

두 사람이 미처 보지 못했던 곳에 강욱과 차 비서가 서 있었다.

갑작스러운 목소리에 고개를 옆으로 돌린 수현은 그와 눈이 마주치자 재빨리 시선을 피해 버렸다. 그녀의 거부에 강욱의 미간이 일그러졌다.

"당신은……?"

예전에 몇 번 강욱을 만난 적이 있던 정환은 그가 왜 여기 있는지 이해를 하지 못해 눈을 동그랗게 떴다. 그리고 곧 이야기를 나누는 데 방해가 된다고 생각한 것인지 적개심이 가득한 표정으로 강욱을 보았다.

"지금은 수현이와 할 말이 있으니 자리 좀 피해 주시지? 이 문제와 아무런 관련이 없는 놈은 말이야."

"제가 왜 관련이 없습니까? 내 회사의 횡령 문제로 소환한 두 사람이 뒤에서 이야기를 하고 있는데."

"……내 회사?"

그의 물음에 답을 해 주는 대신 강욱은 곁에 서 있던 차 비서를 향해 눈길을 돌리며 물었다.

"감사 시작할 때 되지 않았습니까?"

"네, 사장님."

허리를 숙이며 깍듯하게 답하는 차 비서를 보며 정환이 얼이 빠진 얼굴로 더듬더듬 물러났다. 마치 귀신이라도 본 듯한 얼굴이었다.

"사, 사장……."

"감사실로 가시죠."

무심한 얼굴로 정환을 보던 강욱이 시선을 돌려 수현을 보았다.

그녀는 강욱을 보고 있지 않았다.

손을 뻗어 수현을 붙잡으려던 그는 옆에서 차 비서가 막아서자 눈살을 찌푸렸다.

"사장님."

차 비서가 작게 고개를 저었다.

지금 여기서 수현과 함께 있는 모습을 다른 이들에게 보여주면 문제를 더 키울 수 있었다.

수현은 강욱을 보지 않은 채 곧장 감사실 쪽으로 걸음을 옮기고 있었다.

그녀의 뒷모습을 바라보던 강욱이 차 비서의 몸을 옆으로 밀어냈다.

"차 비서, 이 회사의 주인이 누굽니까?"

"그거야……."

이강욱 사장님이십니다. 차 비서가 그렇게 답을 하려 했다. 하지만 강욱은 그에게 답을 듣는 대신 수현의 뒤를 따른다. 이 회사의 주인은 자신이니 더 이상 막지 말라며.

수현의 가느다란 팔을 잡아당기며 그녀의 시선이 자신을 향하도록 만들었다.

하지만 수현의 시선은 여전히 바닥을 향해 있었다. 그녀의 가슴이 들썩인다.

긴장하는 기색이 역력한 모습에 그가 무어라 말을 하려고 할 때였다. 고개를 든 그녀는 강욱과 눈을 마주하며 다부진 얼굴로 읊조리듯 말했다.

"지금부터 제가 알고 있는 모든 걸 이야기할 생각입니다, 사장님."

"모든 걸?"

강욱이 눈을 동그랗게 떴다.

"이 이야기를 듣고도 당신이 여전히 내 곁에 있겠다고 하면, 연애라는 거 한번 해 봐요."

그렇게 말한 수현은 그가 붙잡고 있던 손을 떼어 낸 뒤 천천히 뒤돌아섰다.

그녀가 대기석으로 향하는 것을 보던 강욱은 따르려다 말고 한숨을 내뱉었다.

얼마의 시간이 흘렀을까. 수현이 감사실 문을 열고 들어온 지 채 5분도 되지 않아 듬성듬성 비어 있던 자리를 사람들이 채웠다.

본격적으로 감사가 시작되자 수현의 얼굴에도, 그리고 강욱의 얼굴에도 긴장이 흘렀다. 마이크를 끌어 온 법무팀장은 수현을 보며 냉혹한 얼굴로 물었다.

"김수현 씨, 김수현 씨가 왜 이 자리에 왔는지 아십니까?"

스무 명의 남자가 앞쪽에서 그녀 혼자만을 바라보고 있었다. 덩그러니 앉아 그들이 하는 말을 듣고 있던 수현은 떨리는 손을 마주 잡으며 심호흡을 했다.

강욱은 그녀를 보고 있었다. 무심한 얼굴을 바라볼 수 없었던 수현은 고개를 숙였다.

몇 번이고 연락을 하고 싶었다. 다음 날 아침, 그에게 들은 모든 일이 사실이었는지 다시 한 번 묻고 싶었으나 그렇게 하지 않았다.

그의 진심을 들었다. 그러나 그에게 사실을 이야기할 수가 없었다. 모두 털어놓아야 한다는 것을 알고 있으면서도.

자신의 이야기로 어떤 파장이 있을지, 그 파장이 자신의 위치를 얼마나 뒤흔들지 몰랐기 때문이다. 하지만…….

"사실대로 말씀드리겠습니다."

"지난 서류를 살펴보았더니 태훈에서 리베이트를 받은 정황이 포착되었습니다. 그 서류에 결재를 한 것은 김수현 팀장이고요."

"네."

"그리고 예전처럼 금액이 크지 않으나 현재 뮤 디자인에게

서 리베이트를 받은 정황 또한 포착되었습니다. 이 역시 결재권자가 김수현 팀장입니다. 여기에 대해 하실 말씀 있으십니까?"

태용 그룹 법무팀장의 말에 수현이 크게 숨을 들이마셨다가 내뱉었다. 눈을 감은 그녀는 어지러운 머릿속을 깨끗하게 정리한 후 눈을 떴다.

"……외주 디자인 업무의 경우 박기웅 전 사장님께서 직접 지정하시도록 하였습니다. 이에 대해서 저는 서류에 결재만 하면 되었습니다."

"그 이야기는 김수현 씨는 눈치를 채고 있었다는 걸로 들립니다만?"

날카로운 지적에 수현의 입가에 웃음이 머물렀다. 그녀의 시선은 강욱을 향했다.

"네, 맞습니다. 전 사장님이 리베이트를 받고 있다는 것을 알면서도 서명했습니다."

이런 날, 당신은 어떤 식으로 받아들일 건가요? 아니, 나에게 그 열정이 좋았다며 같이 있고 싶다고 이야기할 수 있나요?

"이에 대해 어떠한 처벌도 달게 받겠습니다."

수현이 허리를 숙여 사죄했다. 그녀의 정수리를 바라보던 강욱이 한숨을 쉬며 고개를 숙였다.

"어떠한 처벌도 말입니까? 그렇게 쉽게 이야기하실 수 없을 텐데요. 회사를 떠나게 될 수도 있습니다."

"각오하고 있습니다."

그렇게 말하는 수현은 홀가분한 표정이었다.

"아, 다 끝났나?"

수현은 옥상 위에 마련되어 있는 벤치에 앉아 하늘을 보았다.

뭔가 파란이 일었는데 그게 순식간에 해결이 되니 정신이 아득하게 멀어지고 현실 감각이 떨어진다.

그녀는 자신의 발을 꽉 조이고 있던 신발을 벗어 던진 후 벤치에 등을 대고 누웠다.

앞으로 어떻게 되려나?

그러한 생각을 하는 수현의 입술에 느른한 웃음이 내걸렸다. 그리고 곁에서 느껴지는 인기척에 여전히 눈을 뜨지 않은 채로 입술을 달싹였다.

"전에 화내서 미안해."

"김수현……."

그녀의 예상대로 강욱이었다.

그는 천천히 다가와 수현의 눈두덩 위에 손바닥을 내려놓았다. 다른 사람보다 서늘한 체온이 뜨거운 눈두덩으로 인해 미온으로 변해 간다.

"네가 그러한 사실을 숨기고 있었다는 것에 화가 나서 그랬던 것 같아. 생각해 보면 나도 엄청난 사실을 숨기고 있었는데. 신입 사원인 줄 알았는데 알고 보니 내 비밀을 숨겨야 하는 사장일 줄이야. 심장이 떨어져 나가는 줄 알았다고."

그렇게 말하는 수현의 목소리는 흔들림이 없었다. 이미 마음의 정리를 모두 끝낸 것처럼.

수현을 바라보던 그가 입을 굳게 다물었다. 그녀는 하고 싶은 이야기가 많은 듯했다.

"어쩔 수 없다고 생각했어. 갑이니까 그 사람이 시키는 대로 해야지, 그래야 내가 이 회사에 발을 붙이고 일할 수 있어, 라는 생각을 했어. 며칠 전까지만 해도 그 생각에는 변함이 없었어. 월급쟁이는 어쩔 수 없다고."

자조 섞인 목소리로 말한 수현이 천천히 눈을 떴다. 그리고 자신의 눈을 덮고 있던 그의 손바닥을 떼어 낸 후 시선을 마주했다.

그녀의 복잡한 심경이 고스란히 담긴 눈동자는 격랑을 만나 일렁였다.

"그래서 숨길까 했는데 너무 열이 받는 거야. 왜 늘 불안감을 가지고 회사를 다녀야 하지? 난 땡전 한 푼 안 받았고, 그들이 시키는 대로만 하고 회사를 위해 열심히 일했는데……이 사실이 드러나게 되면 죄인 취급을 받아야 한다고 생각하니까 더 화가 나는 거야."

까라는 대로 깠다고. 모든 직장인들이 말하는 덕목대로, 그들이 하는 일은 아무것도 모르는 척 있었단 말이야.

그녀가 덧붙이는 뒷말에 강욱의 미간이 찌푸려졌다. 그러라고 한다 해서 그렇게 할 수현은 아니었기 때문이다.

역시나 정환 때문인가? 그의 생각이 깊어질 때였다.

"그리고 알게 된 거지. 비밀은 오래가지 않을 거고, 언제까지고 내 자리를 지킬 수 없다는 걸. 그 오물에 발을 담그는 순간 언제든 이런 일이 일어날 거란 걸, 난 어렴풋이 알고 있었다는 거."

고개를 돌린 수현이 강욱과 눈을 마주하며 웃었다.

"난 정말 몰랐어. 고정환까지 이 일에 관여가 되어 있었는지."

정말? 그는 그렇게 묻고 싶었다. 하지만 지금의 그녀는 하고 싶은 말이 많아 보였고, 충분히 이야기할 시간을 주고 싶었다.

그리고 그의 예상대로 닫혀 있던 수현의 입술이 얼마 지나지 않아 파르르 떨리며 달싹인다.

"그런데…… 그걸 네 입을 통해 알게 된 순간, 난 그 사람보다 태용 건설 사장이라는 너한테 더 화가 났어. 네가 태용 건설 사장이면 우리 관계는? 아니, 그걸 다 떠나 나에게 믿는다며 서류를 내민 네가 이 모든 사실을 알게 되었을 때 어떻게 받아들일까. 나에게 믿을 수 없는 여자라고 말할 수도 있겠지. 그런 생각을 하니까 머릿속이 곤죽이 된 거 있지?"

"……"

"자, 다 말했어. 난 이제 어떻게 하면 되니?"

수현이 몸을 일으켰다. 그리고 깊은 한숨을 내쉬며 머리를 쓸어 올렸다.

오랫동안 품고 있었던 비밀, 자신에게 도움이 된다고 생각했던 그 비밀은 이젠 가장 큰 위협이 되어 젊음을 바친 태용을 떠나야 할 상황까지 만들었다.

수현은 혼란스러운 눈으로 강욱을 올려다보았다.

평소와 다름없는 강욱이었으나 이제 그는 태용 건설의 사장이었다. 앞으론 하나의 거대한 강국이라 할 수 있는 태용 그룹의 오너로 커 나가겠지.

수현의 입가에 자조가 섞였다.

그녀도 아는 고급 남성 브랜드의 슈트를 입고서 서 있는 그는 그녀가 얼마 전까지 알던 이강욱이 아니었다.

하지만 그가 저렇게 고급 슈트가 어울리고, 척 보기에도 비싼 커브스와 넥타이핀이 어울리는 남자였던가 생각해 보면 그녀는 스스럼없이 고개를 끄덕일 수 있었다.

그는 처음부터 말단 사원과는 어울리지 않는 오묘한 분위기를 풍겼고, 오만하고 제 마음대로 살아가는 사람이었다. 그리고 이젠 명확하게 알 수 있었다.

태어날 때부터 평범한 사람들과 달랐던 사람인지라 그는 제멋대로 굴 수 있었던 것이다. 철이 들지 않은 채로, 하고 싶은 대로.

수현은 그와 자신의 거리를 가늠하며 듣기 좋은 음성에 눈을 감았다.

"박 사장은 다시 한 번 법정에 서야 할 거야. 그리고 태훈 디자인과 뮤 디자인도. 사실관계가 밝혀졌으니 싸움은 길지 않겠지."

"이런, 나도 법정에 서야겠네."

혼잣말을 내뱉은 수현은 멀리 던져두었던 구두를 꿰신었다. 이제 앞으로가 문제였다. 그리고 그 문제를 자신이 얼마나 씩씩하게 해결해 나가는지도.

신발을 신은 수현은 눈앞의 강욱을 보았다. 이렇게 보니 이제야 그가 태용의 주인이 되었다는 사실이 신물 나도록 이해되기 시작한다.

손을 내밀어 제 손을 붙잡는 커다랗고 부드러운 손길에 수현이 입가에 부드러운 웃음을 머금었다.

"회사의 문제는 원칙대로 처리할 거야."

"예상하고 있었어."

"……그리고 당신에 대한 마음은 여전히 변한 것이 없어."

그 말에 수현은 눈가에 눈물이 차오르는 것을 느꼈다. 고개를 내린 강욱이 흘러내리는 눈물을 입술로 훔치고 수현의 뺨을 지분거린다.

두 사람의 입술이 뜨겁게 마주했고, 두 사람의 혀가 뜨겁게 얽혔다. 수현의 호흡을 집어삼키고 거칠게 맛보던 강욱은 천천히 떨어지는 입술에 입맛을 다셨다.

강욱의 가슴을 밀어낸 수현이 입술을 비틀며 서글프게 웃는다.

"이강욱."

"왜……?"

강욱의 눈빛이 흔들렸다. 그녀의 눈빛에, 여전히 제 가슴 위에 얹어져 있는 떨리는 손에. 그리고 곧 그녀의 입술을 통해 흘러나오는 말에 가슴이 왈칵 아래로 내려앉았다.

"사랑해."

뜨거운 고백을 한 수현은 그의 품에서 빠져나왔다. 그리고 그다음 날, 그녀는 신기루처럼 그의 앞에서 사라졌다.

✤　　✤　　✤

아침 일찍 수현의 집 앞에 도착한 강욱은 차에 비스듬히 기대서 건물을 바라보았다. 추운 겨울, 입에서 뿌연 입김이 나올 정도로 칼바람이 불었으나 그는 꼼짝도 하지 않은 채 망부석처럼 서 있었다.

수현이 그의 품에서 뜨거운 고백을 털어놓았을 때부터였다. 그가 그녀의 집 앞을 찾아온 것은.

그리고 자신을 만나 주지 않는 그녀에게 항의하듯이 몇 시간이고 그 앞을 지키다가 아쉬운 마음을 삼키며 뒤돌아섰다.

"정리될 때까진 조금 거리를 두자."

기한을 두지 않은 이별을 제의한 그녀는 회사에서 처분이 내려질 때까진 서로 만나지 말자고 했다.

그것이 그의 마음을 얼마나 애타게 하는지, 조급하게 만드는지는 알고 있을까? 그가 인내심의 바닥까지 박박 긁어 그녀를 기다리고 있다는 것 또한 알고 있을까?

집으로 숨어든 그녀는 오늘도 그를 만나 주지 않았다. 그리고 그는 그녀를 기다리며 오늘도 자신이 있어야 할 곳에서, 자신이 해야 할 일들을 챙기고 처리해 나간다.

차는 빠르게 태용 건설 건물 앞에 멈춰 서고, 도열해 있던 사람들은 그에게 자연스럽게 허리를 숙였다.

"안녕하십니까, 사장님."

그들의 인사를 받는 강욱의 표정은 굳어 있었다. 오늘도 그의 심기는 나빴다.

태용 건설엔 한 차례 칼바람이 불었다. 박 사장이 리베이트를 받아먹은 일에 관련된 직원은 마흔 명에 달했다.

회사의 입장에선 체스 판에 올려진 하나의 말 혹은 기계의 작은 부품밖에 되지 않는 그들은 언제 잘려 나갈지 몰라 몸을 오들오들 떨어야 했다.

이런 어수선한 상황에서 태용 건설 이강욱 사장의 취임식이 거행되었다.

강욱은 취임식장으로 향하는 와중에 휴대전화를 들고 있었다. 그의 뒤로 꼬리에 꼬리를 물고 임원진들이 따랐으나 그는 사적인 통화를 개의치 않았다.

누가 이강욱에게 무어라 할 것인가. 그는 태용 건설의 사장이자 장차 태용 그룹의 오너가 될 터인데.

그는 휴대전화 너머로 경환이 왕왕거리는 것도 무시한 채 무심한 목소리로 말했다.

"무승부인가?"

—이건 무승부라고 할 수 없지! 그 여자가 관련이 되어 있었던 건 맞잖아!

"넌 네 형이 부당한 일을 시켰을 때, 당당하게 NO라고 말할 수 있어? 너에게 갑은 윤민환이잖아."

—…….

단숨에 그의 입을 틀어막은 강욱이 입맛을 다시며 장난스레 이야기했다.

"아쉽다. 도원 호텔 일을 비싸게 받아 올 수 있는 기회였는데."

—누가 할 소리? 공짜로 건물 올릴 수 있는 기회였다고, 이건!

수십억을 걸고 한 내기는 결국 무승부로 돌아갔다. 하지만 두 남자 모두 자신이 이길 뻔한 내기였다며 주장하곤 아쉬워했다.

저 멀리 보이는 취임식장의 모습에 강욱이 전화를 끊으려고 할 때였다.

—그래서 그 여자랑 어떻게 할 생각이야?

"우선은 공식적인 관계로 만들 생각."

사라진 수현을 찾는 게 우선이겠지만 말이다.

—뭐? 설마 너…….

"결혼식은 봄이 좋겠지."

상대의 의사는 묻지도 않은 채 그가 말했다. 옥상에서 그에게 사랑한다고 말했던 수현의 모습을 떠올리며.

그녀는 계속 관계를 지속하자는 말에 앞으로의 일을 좀 더 지켜보자고 답했다. 아직은 당당하게 그의 앞에 설 수 없는 입장이라던 수현의 눈동자는 슬프고 아파 보였다.

회사의 일이 마무리될 때까지 잠시 시간을 가지자는 대화를 마지막으로 그녀에게선 아무런 연락이 없었다.

그의 전화나 문자도 무시했고, 집 앞으로 찾아가도 만날 수가 없었다. 자신에겐 간단한 것들을 그녀는 너무나 복잡하게 받아들였다.

그게 다 무슨 상관이람? 좋으면 그만이지.

두 사람은 서로에 대해 진심이었다. 깊은 관계를 가져도 이상하지 않을 나이에 이 여자가 아니면 안 된다는 생각을 한 그는 쉴 틈도 주지 않고 수현에게 제 의사를 밀어붙일 생각이었다.

끝까지 자신의 자리가 부담스럽다고 말하면 직장에선 네가 을일지 몰라도 우리의 관계에선 철저하게 갑이란 것을 인식시켜 줄 것이다. 그리고 이미 되돌리기엔 늦었다고 분명히 못을 박아 두는 것도 좋겠지.

—이강욱, 나 슬슬 네가 무서워지려고 한다. 너 그런 놈이었어?

"그런 놈?"

—그래, 무조건 직진! 사랑이란 감정을 가지면 앞뒤 분간

못 하고 설치는 놈!

경환이 기겁한 목소리로 외치자 강욱은 서늘한 목소리로 잘라 말한 뒤 전화를 끊었다.

"사랑 앞에서 한발 뒤로 물러서는 건 멍청이나 하는 짓이야."

휴대전화를 주머니 안에 넣은 강욱은 모여 있는 사람들을 눈으로 훑었다. 회사의 분위기가 분위기이다 보니 취재진 없이 직원들만 모여 있었다.

리베이트 문제로 이가 빠진 것처럼 비어 있는 자리를 보던 그가 단상 위로 올라섰다. 그리고 여전히 웅성거리는 사람들을 향해 허리를 숙였다.

"뭐야, 진짜잖아?"

"와, 놀랍네."

강욱이 신입 사원으로 입사했었다는 사실을 뒤늦게 알게 된 사람들은 여전히 놀라워하고 있었다.

어찌 그렇지 않을 수가 있겠는가. 최고의 위치에 있는 사람이 회사의 문제를 해결하기 위해 눈칫밥 먹는 말단으로 들어와 일을 했는데.

"태용 건설 사장으로 취임하게 된 이강욱입니다."

강욱의 입술이 달싹이자 순식간에 취임식장이 조용해졌다. 어수선한 분위기처럼 이번 문제에 대해 동요하고 걱정을 하는 직원들이 많았다.

결속 다지기에 들어간 강욱은 여전히 놀란 눈으로 자신을 바라보는 사람들을 향해 낮고 힘 있는 목소리로 말했다.

"이번 감사 내용은 여기 있는 여러분 모두가 알고 있다고 생각합니다. 이번 일을 통해, 직원 개개인의 문제를 떠나 가장 윗물인 CEO가 부패하면 회사 근간이 얼마나 흔들릴 수 있는지 절실히 깨달았습니다."

그의 말에 사람들의 웅성거림이 들려온다. 임원진은 동요를 보이지 않고 있었으나 사원들은 그의 말에 혼란스러워했다.

경영자라면 숨기고 싶어 할 일을 당당히 이야기하는 그의 모습 때문이었다. 하지만 강욱은 거기서 멈추지 않았다.

"저부터가 썩지 않도록 노력하겠습니다. 개인적인 일로 회사의 누가 되는 일이 없도록 하겠습니다. 거대 낙하산이란 생각을 하실 수도 있으나 낙하산보다 제 능력이 더 크다는 걸 보여 드리겠습니다."

단상에서 조금 물러난 그가 다시 한 번 허리를 숙였다. 이러한 일이 일어난 데엔 태용 그룹의 책임이 지대했으니까.

회사에 혼란을 초래한 것에 대해 사과한 그는 이번엔 회사의 비전을 제시했다. 그리고 그의 말끝, 우레와 같은 박수가 쏟아졌다.

단상에서 내려온 강욱은 엄지손가락을 척 내미는 차 비서를 보며 입꼬리를 비틀어 삐뚜름하게 웃었다.

그 모습에 뒤에 서 있던 여직원들이 얼굴을 붉힌 것은 두말하면 잔소리였다.

"대단하십니다."

"난 여자한테 인기가 많지만 회사 직원들에게도 많아."

자신감 넘치는 다소 오만한 말에도 차 비서는 웃음을 지을 뿐 별다른 말을 붙이진 않았다. 실제로 그는 꽤나 열려 있었고, 아량이 넓은 오너였으니까.

자신의 곁을 지나가는 강욱에게 바짝 다가선 차 비서는 뒤따라오는 다른 수행원들은 들을 수 없을 정도로 작은 목소리로 말했다.

"사장님실에 김수현 씨가 와 계시다고 합니다."

"오늘부터 출근이던가?"

"네."

차 비서의 말에 강욱의 걸음이 급해졌다.

주위 사람들의 인사를 받으며 재빠르게 엘리베이터 앞에 멈춰 선 그가 내려오는 숫자를 보며 미간을 찌푸렸다.

조급한 마음과는 달리 층수를 표시하는 숫자는 느리게만 움직였다.

당장 엘리베이터 성능을 올려야겠어.

말도 안 되는 생각을 하던 그는 기다리던 엘리베이터가 도착하자 곧장 그 위에 올랐다. 그리고 사장실이 있는 제일 위층을 누른 후 눈을 감았다. 헐레벌떡 그를 따라온 차 비서가 숨을 삼키며 물었다.

"왜 그러십니까?"

"얼굴도 안 보여 주던 여자가 이제야 날 찾아왔는데 조급해질 수밖에."

"네?"

차 비서는 경악에 찬 얼굴로 자신의 보스를 보았다. 그리고 그의 표정 속에서 발견한 진심과 곧이어 들려오는 읊조림에 떡 벌리고 있던 입을 닫았다.

"몰라, 그 여자만 생각하면 뭐든 급해져."

생각도 마음도 몸도. 뭣 하나 느긋하게 굴 수 있는 게 없다.

그의 중얼거림에 차 비서는 어떠한 말도 하지 못하고 그의 얼굴만 바라보았다.

가장 위층에 도착한 엘리베이터 문이 열리자 강욱은 조금 전과 마찬가지로 뛰다시피 사장실 안으로 들어갔다. 뒤에서 자신을 바라보는 시선 따윈 말끔하게 무시한 채.

문을 열고 안으로 들어가자 장식장 앞에 서 있는 매끄러운 여체가 보인다.

오늘도 하이힐을 신은 채 당당하게 서 있는 완벽한 모습에, 그는 문을 닫은 후 삐딱하게 서서 신출귀몰한 여자를 노려보았다.

지난 일주일, 자신의 속을 새까맣게 태우며 어떠한 연락에도 응하지 않았던 여자. 그 여자가 손을 뻗으면 잡힐 위치에 있자 이 상황이 화가 나면서도 못내 섭섭했다.

그가 들어온 것을 진즉부터 알고 있었던 수현이었으나 반응은 느렸다.

들고 있던 상장을 내려놓은 그녀가 천천히 뒤돌아 강욱과 눈을 마주하며 웃었다.

"취임식 엄청났다며? 다들 놀라지 않던?"

"어떻게 안 놀랄 수 있겠어?"

그렇게 말한 강욱은 입술을 비틀어 삐뚜름하게 웃었다.

"그리고 나도 놀랐어. 당신이 내 사무실에 와 있어서."

"아, 회사의 결정이 내려졌으니까. 감봉 3개월이라…… 허리띠 졸라매야겠네."

그렇게 말한 수현은 정말 걱정이라는 듯 한숨을 쉬었다. 그녀의 모습을 보고 있던 강욱이 성큼성큼 걸음을 옮겨 앞에 섰다. 그리고 작은 머리통을 끌어안아 자신 쪽으로 잡아당긴 후 안도의 한숨을 내뱉었다.

그의 인생은 제법 평온했다. 가야 할 길은 정해져 있었고, 묵묵히 그쪽으로만 걸어가면 되었으니까.

하지만 최근 그의 인생은 김수현으로 인해 롤러코스터를 타듯 백팔십도 돌고, 이리저리 휘청거리는 상황의 반복이었다.

그녀와 다투었던 해결되지 않는 문제들, 그리고 그녀가 사라졌던 일주일.

이제야 제자리를 잡아 가는 기분이 들자 입술이 부드럽게 호를 그리고 빠르게 뛰어 대던 심장은 원래 속도를 찾았다.

그가 웃음기 섞인 목소리로 말했다.

"돈 많은 남자 친구가 있는데, 굳이 그럴 필요가 있겠어?"

"웃겨."

짧게 말한 그녀는 정말로 재미있는 이야기를 들었다는 듯 그의 가슴에 쿡쿡 웃음을 뱉었다. 그리고 아래로 늘어뜨리고 있던 팔을 둘러 그를 꼭 끌어안았다.

그녀에게서 향긋한 로즈향이 맡아졌다. 정말 김수현이 그의 품으로 돌아온 것이다.

그는 좀 더 확실히 해 두고 싶다는 듯이 그녀의 정수리에 입술을 지문거리며 물었다.

"그래서 어떻게 할 생각인데? 난 마음의 준비가 끝났어. 너만 괜찮다면……."

"계속 만나자."

"진짜?"

수현의 어깨를 잡고 떼어 낸 강욱이 눈을 동그랗게 떴다. 그녀가 이렇게도 쉽게 자신들의 관계를 명확하게 결정지을 줄 몰랐기 때문이다.

놀라운 눈동자에 곧 행복이 차오르고 그것은 만족감과 뒤섞였다. 하지만 곧이어 흘러나온 고저 없는 목소리에 강욱의 몸이 얼어붙었다.

"그 대신 내가 이 회사에서 능력을 인정받을 때까진 비밀이야."

"뭐……?"

그가 얼이 빠진 사람마냥 멍하니 물었다. 그러자 수현은 한 걸음 뒤로 물러서며 말했다.

"그렇잖아. 난 앞으로 너와 계속 만날 거고, 내 나이를 생각하면 미래 또한 한번 생각을 해 봐야 하거든. 정말 너와 결혼할 수도 있고. 그렇게 되면 내 위치가 높아질수록 너 때문이란 의심도 받게 될 거잖아. 네 덕에 커다란 낙하산을 타게 되었다고."

"……."

"그건 싫어. 그러니까 내가 사회인으로서 자리를 잡을 때까진 비밀로 하자."

그러니까 지금 비밀 연애를 계속하자는 말인가? 그녀의 생각을 알게 된 그가 얼굴을 종잇장처럼 일그러뜨렸다.

"싫다면?"

"어쩔 수 없지."

그렇게 말하는 수현의 눈빛은 '정리할 수밖에 없다'라고 말하는 것 같았다.

직접 듣지는 않았으나 강욱은 자신의 심장이 아래로 와락 떨어지는 기분에 자리에서 비틀거렸다.

손을 들어 이마를 짚은 그가 신음이 뒤섞인 목소리로 말했다.

"세상의 수많은 여자가 나와 한번 만나 보려고 노력해."

그의 말에 수현이 고개를 끄덕이며 동조했다.

잘생기고 키도 크고 거기에 돈까지 많은 남자를 어느 여자가 거부한단 말인가.

매너가 조금 안 좋기는 했지만 그가 가진 것들을 생각해 보면 그 정도는 애교 수준이었다.

눈을 뜬 강욱은 맑은 기운이 가득한 눈동자를 마주하며 말했다.

"그런데 넌 지금 그게 싫다고 말하고 있어."

"네가 선택한 여자가 나란 사람이잖아. 난 사랑하는 연인과 행복해하는 김수현도 중요하지만, 내 위치에서 내 능력을 인정받으며 살아야 하는 김수현도 중요해."

그녀의 말에 강욱의 얼굴이 일그러졌다.

"당신, 말해 주지 않아도 잘 알고 있네."

"뭘?"

"당신이 갑이라는 거."

그렇게 말하면 그가 거부할 수 없다는 걸 그녀는 너무나 잘 알고 있었다.

장난스럽게 눈살을 찌푸린 그가 손을 뻗어 수현의 어깨를 붙들고 잡아당기며 낮게 분노를 쏟아 냈다.

"얄미워, 김수현."

"누가 할 소릴."

수현이 말을 마치기도 전 입을 맞춘 그는 호흡까지 모두 앗아 갈 생각으로 거칠게 아랫입술을 잘근잘근 씹고 혀를 옭아맸다.

그의 어깨를 붙잡은 수현의 손이 떨리고 다리가 후들거렸으나 그는 입술을 입안에 머금은 후 쪽 빨아 당기며 그녀의 입술을 맛보고 공기를 입안으로 불어 넣었다.

꺽, 낮은 신음이 수현의 입에서 터져 나왔고, 정신을 차릴 수 없을 만큼 몰아붙이는 그의 손길에 그녀는 속수무책 당하기만 했다.

강욱의 손에 유리로 되어 있는 벽으로 밀어붙여진 수현의 몸이 아래로 축 늘어졌다.

창가에 닿은 뺨에 차가운 기운이 몰려들었으나 뜨거운 손길에 그녀는 옅은 신음을 흘릴 수밖에 없었다.

고층이어서 누군가 그들을 보는 것은 불가능하다는 걸 알고 있으면서도 그녀는 세상이 한눈에 보이자 얼굴을 붉히며 그의 손길이 파고드는 허벅지에 힘을 주었다.

"아……!"

"사무실에서 하는 것도 짜릿한데?"

"변태야, 진짜……!"

"그걸 이제 알았어?"

웃음기 섞인 목소리로 말한 수현은 자신의 등에 닿는 단단한 물체에 얼굴을 붉혔다.

"여기서 할 생각이야? 누가 들어오면……."

"감히 내 사무실에, 내 허락도 없이?"

이곳은 그가 업무를 보는 집무실이었다. 누구든 방문할 수 있는.

하지만 그는 절대 그런 일은 일어나지 않을 것이라고 아랫도리의 열기를 그녀에게 고스란히 전하며 밀어붙였다.

넥타이를 느슨하게 푼 그는 그녀의 가슴을 힘껏 움켜쥔 뒤

뒷목을 혀로 핥았다.

오소소 일어서는 잔털에 작게 웃음을 뱉은 그가 좀 더 정성껏 귓불을 핥고 그녀의 살결을 맛보았다.

치마를 들춘 손은 솜씨 좋게 속옷과 팬티스타킹을 한 번에 잡아 아래로 내렸다.

그는 여성을 손가락으로 쓰다듬었다. 스릴감과 쾌감으로 인해 벌써부터 축축하게 젖어 있었다.

"나만 변태는 아닌 것 같은데?"

"나 진짜 무섭다고."

이런 모습을 다른 사람한테 보이면 죽어 버릴 거야, 그녀가 얼굴을 붉히곤 않는 소리를 내며 말했다. 하지만 그는 개구쟁이처럼 그녀의 귓가에 웃음을 뱉으며 숨결을 불어 넣었다.

"으으……."

옅은 신음을 들던 그가 여성 안으로 밀어 넣었던 손가락을 뺀 후 한쪽 무릎을 꿇고 앉았다. 그리고 새하얀 허벅지 하나를 제 어깨에 걸친 후 여성 안으로 혀를 밀어 넣었다.

여성을 핥고 맛보던 그는 제 입으로 흘러 넘쳐 들어오는 윤활유를 맛보며 녹아내리려는 허벅지를 단단하게 받쳐 들었다.

수현은 누군가 제 신음을 들을까 싶어 이를 악물고 참아 내고 있었다.

이러면 안 된다는 생각을 하며 그를 밀어내 보려 했지만 그 손길은 너무나 미약하고 힘이 없어 오히려 그의 욕정만 더욱 불러일으킬 뿐이었다.

"으음!"

할짝이는 소리와 그녀의 신음 소리가 집무실 안을 가득 메웠다.

참으려 해 보아도 그가 주는 쾌락에 정신을 차리지 못하던 그녀는, 그가 입술을 떼고 허공에 아슬아슬하게 들려 있던 다리가 바닥에 닿자 털썩 주저앉았다.

흐릿한 눈으로 자신을 올려다보는 수현을 번쩍 안은 강욱이 책상으로 향했다.

책상에 수현을 눕힌 그는 촘촘하게 달린 셔츠 단추를 풀며 읊조렸다.

"당신 고집도 만만치 않은 것 같네."

"흐읍…… 이, 이강욱?"

수현이 파르르 떨리는 허벅지가 부끄러운 듯 오므리며 올려다보자 강욱은 좋은 생각이라도 난 듯 눈을 반짝였다.

"그렇다면 당신이 굴복하도록 만들어야지. 어떠한 형태로든."

"너 지금……."

수현이 눈을 동그랗게 뜨며 더듬더듬 말을 내뱉자, 그는 손가락으로 툭 건드리기만 해도 제 모든 것을 쏟아 낼 듯 긴장한 여체를 음미하듯 보았다.

그리고 손을 뻗어 빳빳하게 선 가슴의 정점을 빙글빙글 돌리며 개구지게 웃었다.

"우선, 이쪽부터 공략해 볼까?"

일단 몸부터.

OK?

"결혼하자."

"또 무슨……."

요즘 쉼 없이 들어오는 프러포즈에 한마디 하려고 했던 수현은 사장실로 들어오자마자 자신을 덮치는 짐승 한 마리에 몸을 움찔 떨었다.

들고 있던 서류 파일은 그가 벽 쪽으로 밀어붙이는 바람에 놓쳐 버렸지만 그 덕에 양손이 자유로워지자 슬금슬금 위로 말려 올라가는 치마를 아래로 내리려 안간힘을 썼다.

아, 이강욱. 이 인간을 정말!

시도 때도 없이 일을 핑계로 사장실로 부르는 그 때문에 수현의 간은 콩알만 해진 지 오래였다.

이러다가 정말 다른 사람들에게 들키는 것은 아닐까, 걱정이 몰려왔지만 그녀는 뜨거운 입술을 받아 내느라 어느 순간 생각을 저 멀리 미뤄 버렸다. 지금은 뜨거운 연인을 감당하는 것만으로 힘들었으니까.

그의 키스를 모두 받아 낸 수현은 강욱의 가슴을 힘껏 밀어낸 후 숨을 몰아쉬었다. 그리고 얼얼한 입가를 손으로 매만지며 사무적인 태도로 그를 대했다.

"사장님, 회사에서 이러시면 곤란합니다만?"

"김수현."

그녀의 태도에 강욱은 멋들어지게 매고 있던 넥타이를 부드럽게 끄르며 불만이 가득한 어조로 말을 이었다.

"부장 달았잖아, 도대체 뭘 얼마나 더 하려고?"

그의 말에 수현의 얼굴에 웃음이 가득 떠올랐다.

지난해, 태용은 외적으로도 내부적으로도 큰일을 겪어야 했다. 1년 내내 박 전 사장과 법정 다툼을 이어 나가야 했고, 관련된 사람들은 모조리 감봉 처분을 받았다.

외부에서 이 일을 맡았던 정환 역시 고발당해 다시는 건설 업계에 발을 붙이지 못하게 된 데다, 뮤 디자인과 관련된 모든 업무는 올 스톱이 되었다.

그 덕에 수현은 회사에 복귀하자마자 다시 디자인 업체를 까다롭게 선정하였고 멈춰 있던 사업들을 재기하는 데 많은 노력을 기울여야 했다.

그리고 올해 초, 중국 별장촌 사업을 성공적으로 이끌며 부장을 달게 되었다. 그녀의 노력이 열매를 맺는 순간이었다.

훈훈한 마음을 감추지 못해 연신 위로 올라가려는 입꼬리를 겨우 내린 수현은 여전히 불만이 가득한 강욱의 얼굴을 보았다.

태용의 하나밖에 없는 후계자는 매일 그녀에게 결혼을 하자며 조르고 있었다. 호텔 로비 하나를 통으로 빌려 프러포즈를 하기도 했고, 끼고 다니면 길거리에서 손가락이 잘릴 것 같은 커다란 다이아몬드 반지도 주었다.

그럼에도 그녀가 쉽게 그의 말에 고개를 끄덕이지 못하는 이유는 여전히 마음에 걸리는 것이 있기 때문이었다.

"근데 정말 나와 결혼해도 괜찮겠어?"

"그게 무슨 뜻이야?"

강욱은 이해하지 못하겠다는 듯 눈살을 찌푸리며 그녀에게 손을 내밀었다.

그러자 수현은 주머니를 뒤져 사장실을 찾을 때마다 챙겨 오는 립스틱을 건넸고, 그는 자연스레 수현의 턱을 위로 들어 올리며 정성스레 립스틱을 발라 주었다.

내리깐 그의 눈을 마주하며 수현은 아프도록 뛰어 대는 가슴을 느꼈다. 이 각도에서 보는 이강욱은 정말 멋있었으니까.

"뭐, 태용 정도면 집에서 점찍어 준 여자와 결혼해야 하지 않겠냐고."

그녀의 말에 강욱이 기가 막힌다는 듯 콧방귀를 꼈다.

"돈이 이렇게 썩어 날 정도로 많은데 굳이 더 불리려고 마음에도 없는 여자랑 결혼한다? 그것도 천하의 이강욱이?"

"아, 미안."

짧게 사과의 말을 건넨 수현은 립스틱을 다 발라 준 강욱이 한 걸음 물러서는 것을 보며 웃었다.

"부모님께 너무 과한 미션이네."

"너 정말! 지금 나 가지고 노는 거지?"

"설마. 내가 오너를 가지고 놀다니 말이 돼?"

말은 그렇게 하면서도 수현의 눈동자는 장난기로 반짝인다. 그 모습을 보며 자신도 모르게 따라 웃던 강욱이 문뜩 떠오른 생각을 말했다.

"안 그래도 어머니가 이번에 한국으로 들어오셨어. 널 만나고 싶대."

"어⋯⋯?"

넋이 나간 것처럼 멍하니 되물은 수현이 커다란 눈을 깜빡였다. 그러자 그는 손을 뻗어 잘 정돈되어 있는 수현의 머리카락을 쓰다듬으며 지난주 미령이 했던 말을 고스란히 전했다.

"아들의 프러포즈를 하도 거절하니까 선물 공세라도 하려나 봐. 김미령 화백의 '바다'. 기억나? 1년 전에 같이 전시회장에 가서 봤던 거."

전시회장에 갔을 때 강욱에게서 그림의 가격을 들었던 터라 수현이 단박에 고개를 저었다.

"너무 과한 선물이야."

"본인이 그린 선물을 며느리에게 주고 싶다는데 누가 말려."

"본인이 그린 그림?"

무슨 말인지 몰라 눈살을 찌푸린 수현은 곧이어 그가 던지는 말에 얼굴을 종잇장처럼 일그러뜨렸다.

"그래, 우리 어머니가 김미령 화백이야."

도대체 이 남자의 비밀은 어디까지인 것일까. 굳이 그가 비밀로 하려고 한 것이 아님을 알면서도 수현은 도끼눈을 뜨며 노려보았다.

"너…… 더 숨기는 거 있으면 이참에 다 말하지?"

그를 만나고 난 후부터 심장이 남아나질 않는다고 생각하던 수현은 그가 고민에 잠긴 척 턱을 쓰다듬는 것을 보았다. 뭐야, 정말 더 남아 있는 거야? 그녀의 턱이 떡 벌어질 때였다.

"아, 하나 더 있어."

죄다 말해!

말은 하지 않았으나 날카로운 눈이 그렇게 외치고 있었다. 강욱은 수현의 입술에 짧게 입을 맞추며 웃었다.

"내가 세상에서 당신을 가장 사랑한다고 말했었나?"

"……."

전혀 예상치도 못한 말에 수현은 어떠한 반응을 보여야 할지 몰라 그의 얼굴만 말갛게 올려다보았다.

"자, 이제 그만 나와 결혼해 주지?"

"어쩔까나?"

"여기서 OK 안 하면 내가 어떻게 나올지 보고 싶은 건 아니지?"

그의 말이 제법 무서운 협박으로 들렸는지 수현이 눈을 동그랗게 떴다가 이내 웃음을 터뜨렸다.

"그것 참 무서워서 승낙해 줘야겠네?"

"나의 무서움을 이제 알았으면 얼른 나랑 호적등본 합치겠다고 하시지?"

그가 턱을 치켜들며 오만하게 말하자 수현이 어쩔 수 없다는 듯이 웃었다.

"그래."

짧은 답에 그가 수현의 허리를 붙잡아 자신 쪽으로 끌어당겼다. 그리고 방금 전 새로 바른 립스틱을 다시 한 번 맛보았다.

"자, 그럼 이제 비밀 연애도 끝인가?"

그가 홀가분하다는 듯 수현을 향해 말했다. 그리고 세상에서 가장 멋지고 달콤한 웃음을 지어 주었다.

—fin

끝인사

이 이야기를 많은 이들이 가볍게 웃고 즐기셨으면 합니다.

출간까지 도움 주신 많은 분들, 이 자리를 빌려 감사의 인사를 드립니다.

다음에는 더 좋은 글로 찾아뵐 수 있길, 간절히 바라봅니다.

— 2015년 첫 달에,
정이연 올림